永恒的经典

流传千古的 **130** 篇

传世散文

毕军/编

天津出版传媒集团

天津科学技术出版社

图书在版编目（CIP）数据

流传千古的 130 篇传世散文/毕军编 . -- 天津 : 天
津科学技术出版社，2010.8（2024.5 重印）

（永恒的经典）

ISBN 978-7-5308-5841-7

Ⅰ . ①流… Ⅱ . ①毕… Ⅲ . ①散文 – 作品集 – 世界
Ⅳ . ① I16

中国版本图书馆 CIP 数据核字（2010）第 126673 号

流传千古的 130 篇传世散文
LIUCHUANQIANGU DE 130PIAN CHUANSHI SANWEN
责任编辑：王　璐
责任印制：刘　彤
出　　版：天津出版传媒集团
　　　　　天津科学技术出版社
地　　址：天津市西康路 35 号
邮　　编：300051
电　　话：（022）23332399
网　　址：www.tjkjcbs.com.cn
发　　行：新华书店经销
印　　刷：三河市同力彩印有限公司

开本 710×1000　1/16　印张 14　字数 200 000
2024 年 5 月第 1 版第 2 次印刷
定价：59.00 元

前　言

　　说到优美的文学形式，大家首先想到的就是诗歌与散文。诗歌虽美，但往往过于朦胧与委婉，更受到一些形式格局的限制；而散文，不讲究音韵，不讲究排比，没有任何的束缚及限制。相比较而言，散文更为大多数人所悦纳。有人说，散文太散，殊不知，散文的形散而神不散，文章文笔随意但字字句句都与主题中心相关。另外，也正因为散文的"散"，才有了丰富的形式和广泛的内容，形成繁星璀璨的散文星空。

　　散文独特的结构形式和语言，使这一文体具有其他文体无法比拟的美感。其往往字字珠玑，给人以语言之美。在浩如烟海的散文世界里，有的作品谱景成曲，描绘风景如画的自然之美；有的感人肺腑，诠释爱恨情愁的情感之美；有的抚慰心灵，使灵魂得到指引；有的博大精深，让思想产生火花……散文能带给读者美的图画、美的情景、美的享受、美的追求、美的憧憬，更能给人以欢乐、温暖和爱……读一篇立意隽永的优美的散文，如品一杯茗茶，馨香缭绕，回味无穷。

　　中外散文浩如烟海，名篇佳句更是不胜枚举。这些经历了时间考验的作品，不仅丰富了世界文学宝库，而且还感染和影响了成千上万的人，叩击着一代又一代人的心灵。本书编者精心挑选那些最能体现出美感的作品，并以"自然之歌""情感之旅""灵魂之翼""智慧之思"为篇题将这些优秀的作品划分为四个部分，依次向人们展现出自然之美、情感之美、人性之美和智慧之美。所选作品不仅具有艺术性、思想性，也具有可读性和代表性。这些散文的作者，既有蜚声文坛的大师、泰斗、诺贝尔文学奖得主，也有那些才华横溢咄咄逼人的后起之秀。总之，可说本书是向读者展示了一座琳琅满目、美不胜收的散文宝库。

通过阅读这些优美的作品，既可以在轻松愉快的氛围中开阔文学视野，提高审美意识，触动写作灵感，又可以领悟到作者真实的精神世界，培养和陶冶自己的艺术情操，提升人生品位。

目 录
CONTENTS

自然之歌

情感之旅

灵魂之翼

智慧之思

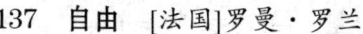

自然之歌

层层的叶子中间，零星地点缀着些白花，有袅娜地开着的，有羞涩地打着朵儿的；正如一粒粒的明珠，又如碧天里的星星，又如刚出浴的美人。微风过处，送来缕缕清香，仿佛远处高楼上渺茫的歌声似的……

海上日落

［俄国］冈察洛夫

冈察洛夫（1812—1891），俄国作家。代表作有中篇小说《癫痫》《因祸得福》等，长篇小说《平凡的故事》《奥勃洛莫夫》和《悬崖》。

下午四时是船员游泳的时间。办法是，从船上放下一张大帆，里面灌满海水，让水兵们从船舷上跳水。对水兵们大意不得，他们总是力图跳到帆布之外，痛快地游上一圈。倒不必怕他们淹死，他们都有很好的游泳本领。怕的是鲨鱼。果然，有一天，桅楼上的水兵突然大叫："来了一条大鱼！"一条鲨鱼正偷偷地游向水中的士兵。水兵们及时地被召回船上，同时给鲨鱼抛下了羊的内脏。这些诱饵立即被鲨鱼吞掉了。接着抛下去的是——渔叉。鲨鱼负痛潜入船底，水面上留下了斑斑血迹。几条水蛇似的鱼一直游狂鲨鱼身边。它们的绰号是"引水鱼"。游泳时间里，季赫麦涅夫异常活跃。只见他前后甲板跑个不停，热心地催促懒惰的水兵下水。"快去，快去！"只听他喊声不断，"干吗你不脱衣服？维图尔呢？法捷耶夫呢？开——步——走！目标：下水！把厨师都叫来，一个不许剩下！"

5点钟以后，一天的忙乱结束了，游泳者也都爬上了甲板。人们开始尽情地享受那浓郁姣俏的南国夜景，欣赏那奇幻多变的仙境。是的，这种自然的奇景，是任何统计和数字所不能表达的，并且从未受到过科学和经验的粗暴介入。任何妙笔在它面前都会显得笨拙不堪。这浩瀚鸿蒙，谁知何处是边？它使你万事全抛，赞叹倾倒。您在哪里？您在哪里？弗拉基米尔·格里戈里耶维奇！快快来吧，告诉我，该怎样描述这荡人胸怀、销魂醉魄的氤氲芳暖？又该怎样描述这奇光闪烁的天空，这斑斓辉煌的晚霞余晖？还有这喷霞蒸火的万里浩瀚，又该怎样表达？它是那样清澈如洗，又是那样意趣盎然，远离尘世。不，这不是荒凉的死寂。这是纵情欢乐之余的朦胧恍惚。海和天在拥抱中柔情缱绻，款意温存。西下的太阳极像备尝爱抚的情人，离去时仍把深厚的思念留给人间。

看哪，在那无边无际的天空，金光灿灿，彩云变幻，辉映中既似有楼台亭阁，又似有鸟兽虫鱼。那里，似有一座古堡，巍峨崇峻，正在无声无息地倾坍下去。一座五角楼堡倒下去了，另一座又覆没在它的废墟上。旁边，一座高塔，渐形萎缩，终归渺然。旧景未去，新象复萌，空中又出现了山林岛屿、拱字圆顶。变幻中，令人眼花缭乱的彩云，复又聚敛成为一只巨大的海船，高悬中天。倏尔，巨船变成一尊高大的女像；倏尔，美女化作驼首人身的妖魔；倏尔，一队荷枪实弹的兵士从妖魔身上践踏而过。

令人困惑不解的是，这层层幻影究竟出自谁的手笔？它们聚而成形，散而无状，像无穷无尽的梦想，在金色的天空里飘逸，精美、澄澈……

这落霞的万般色彩，谁能在画布上使它们再现？！或者，至少谁能说出它们的名称？看吧，橙红渗透了深紫，转眼之间，又有一层浓碧抹上天际。而那些城堡、塔楼、山林状的层云，却又从急速西沉的太阳那里，承受着红、黄、棕的色泽……在这彩练舞空的壮丽景色面前，人人都会出神注目，游思远扬，如醉如痴，不肯抽身离去。一旦醒悟，终会长叹一声，感慨万端：唉，如果到处是这般景色，这般壮丽，这般宁静，该有多好！如果生活也能像这景色一样，该有多好！……是的，狂风暴雨，大喜大悲，决不应是自然和生活的本色，它们只是短暂的过渡和混乱，是新生的孕育，是幸福和安宁的。晚霞行将退尽，冥思逻想之间，天空又出现了新的景致：西方还是金黄和橙红辉映，东方却已出现万盏灯光，繁星遍布，满天闪烁。南十字星座敦柔和顺地闪耀其间！暮昏低垂，先前的云景——山林岛屿、楼台亭树和仙人猛兽，已经消逝。星光明亮异常，似乎在充分运用日落和月升的间隙。星星愈来愈多，溢满整个夜空。还是那只描绘奇幻云景的巨手，又在匆忙地点燃各处的明星。空中，似在举行一场丰盛的夜宴！新的力量，新的思绪，新的柔情，涌进观察者的心间。又像昨夜一样，心在探求谜底，眼在阅读"天书"，神思又飞向了光焰闪烁的天外……

月亮出来了。它完全不像北国见到的那样暗淡、苍白、愁苦和模糊不清。它像水晶一样纯净、透明，放射着骄傲的亮光。它不像北国的月亮，已经被诗人们成千上万遍地赞颂过，因此，它像处女一样，洁无瑕疵！它不是风韵犹存的半老徐娘，而是风华正茂、含苞待放的少女，是真正的狄雅娜。它的银光洒遍天空和海洋，它使群星黯然失色，它温柔而又庄严地守护着人间。您以为，这时的海洋已经沉入梦乡了吗？不对，涟漪中映出的光焰比繁星更明亮。看那船周吧，水光似火，波澜起伏中，月光如金如银，如燃烧的煤火。扑朔迷离，一场甜蜜的、充满创造力的梦啊！……再看那天空吧，老人座、天舟座、半人马座的双双巨星，闪着金色、赤红色和绿宝石色的光焰。但是，南十字座的四颗巨星却能夺您所好，使您注目良久。它们晶莹、朴实，似乎在用聪颖的目光注视着您。南十字座……您是否有过下述经历（您是诗人，当然有过）？人们多次盛赞某女人的娇艳妩媚，及至您真正见了这位美女之后，却又不免感到失望。"她有什么绝色姿容？"您心里纳闷，眼睛却在不住地瞟那女人，"朴实、温顺，相貌平庸……"您就这样看啊看啊，忽然，您发觉自己已经深深地爱上了她。南十字座也和这种女人一样。头几次见它，您会自问：它有何不凡之处？可是久而久之，您就变了。夜晚一到，您第一个要看的，就是南十字座，然后才是其他，最后，您的目光还会回到南十字座上，久久地不肯移开。

炎热的白昼结束了，继之而来的是馥郁温暖的长夜，繁星闪烁，水光如银，气氛安逸。啊，上帝！可惜了，这些月夜。既无夜曲，又无低吟，更无哝哝的情谈和夜莺的歌唱！只有一只趱行的海船，偶尔可以听到啪啪的帆声和船头溅水的浪声。此外，只是一片庄重而又美好的沉寂！

夏日的芬芳

[苏联]尼·斯米尔诺夫

尼·斯米尔诺夫（1870—1958），苏联作家。崇尚自然，文笔优美。代表作有《金色的河湾》等。

别墅阳台上的蔷薇的茉莉花丛日渐舒展茂盛，一到开花季节它们便一天比一天美丽：茉莉枝头仿佛披上了挂霜的水晶，蔷薇则缀满了鱼鳔似的绿衣红蕊的精致花蕾，这些"鱼鳔"渐渐伸展，狭长而卷曲的叶子舒张开来，接着花萼绽开了，落满茉莉枝梢的细碎"霜花"一下化成黄蕊的小铃铛。

对着阳台的窗户彻夜敞着，我觉得，我蒙眬中不仅听到了夜莺的婉转啼鸣，还有蔷薇和茉莉开放时的沙沙声响。

一天夜里，掠过一阵雷雨。雨后花园里吹来如此丰厚的暖意和浓烈的芳香，几乎令人眩晕了。

翌日清晨，阳光明丽，天空澄澈，滴着雨珠的茉莉和蔷薇美不可言。

阳光仿佛在蔷薇上泼洒着红红的火焰，而阴影中的花朵微微泛蓝，宛若薄柔光滑的锦缎。

被带花纹的绿叶环绕的四瓣茉莉，闪烁着纯净的光辉。

它们在花园里争奇斗艳，芬芳四溢。五彩斑斓的蝴蝶无声地在蔷薇丛中翩然飞舞。嗡嗡低唱的蜜蜂时不时伏在花朵上。燕子清脆地啁啾着。像箭似的忽前忽后地掠过。伏尔加河岸边的山上回荡着雄浑奔放的赞美祖国的歌声。

俄罗斯明媚的夏天来到了。

白嘴鸦飞来了

[苏联]尼·斯米尔诺夫

我来到户外散步，太阳还未睡醒。突然间从公园里传来了白嘴鸦的啼叫。这些白嘴鸦昨夜方才飞归，今天清晨就迫不及待地宣布了春的来到。

一片片水洼冻结着薄冰，仿佛镀上了一层白银，一座座酣睡的房屋上垂挂着串串冰箸，宛如莹莹闪光的水晶。然而，风儿却已从南方带来了温暖和喧闹的气息。

雪地表面的冰凌还冻得相当结实，我蹬着滑雪板，带着悦耳的声音在白雪皑皑的原野上奔驰。

我在树林茂盛的谷地里迎接了初升的红日，谷地中沟壑纵横，柳枝上缀满了柳絮。

啄木鸟儿竞相敲击着树干。风儿渐渐地加快了步履。我俯身摸了摸地上的雪，雪是软绵绵的，上面的冰凌已经化了。滑雪板只得提在手里。

茫茫的雪野反射出耀眼的白光。森林的远方雾气缭绕，泛着青色。白嘴鸦的齐鸣从市里传来，须臾间便汇入了低沉的轰鸣，在旷野上空萦绕回荡。在阳光下融化的积雪渐渐地下陷，路上形成了一条条小溪，向四处流淌。去年的野草在积雪融化的地方又露出了头，让人看了感动不已。积雪融化了的草地上落满了黑压压的一片白嘴鸦。离城市越近，这种漆黑的、神态安详而又傲慢的鸟就越多。

郊外。一座小房舍旁，有两个上年纪的猎人在闲谈。

一个人说：

"每到这样的早晨，草鹬就在白桦树上叫个不停。"

"是搭窝的时候了。"另一个应声道。

是的，不久就会听到黑雷鸟在清晨时的喃喃细语和山雀在晚霞中的婉转歌唱——这一番思绪拨动了情感的弦，心中骤然激起一阵亢奋的跳荡，使我不得不停住脚步。我深深地呼吸着春天的气息，信步走出山峦起伏的公园，旋即又被一阵欣喜刹住了脚步：晴朗的天空下有一座发白的钟楼高高耸立，这四周的水洼微漾涟漪，赤裸的白桦泛着银光，枝杈上的白嘴鸦悠闲地轻轻摇晃，放声鸣唱。

白嘴鸦飞来了！

晨

[苏联]高尔基

阿列克塞·马克西莫维奇·高尔基（1868—1936），苏联著名作家，被列宁称为"无产阶级艺术的权威"。主要作品有：散文诗《鹰之歌》《海燕》，长篇自传体小说三部曲《童年》《在人间》《我的大学》等。

世界上最好的事情是看白天是怎样诞生的！太阳的第一道光线刚一闪现在天空，黑夜的阴影就悄悄地往山谷和石缝中躲藏，藏在茂密的树叶里，藏在满是露水的花边一样的野草里，而山峰则爱抚地微笑着，好像对柔弱的黑夜的暗影说：

"别怕，这是太阳！"

海浪高高地昂起漂亮的白头，向太阳礼拜，就像宫廷的美女向国王朝拜一样，一边朝拜，一边歌唱：

"向您致敬，世界的君主！"

仁慈的太阳笑着：这些海浪快活地转了一整夜，现在它们以发蓬乱，绿色的衣裳揉皱了，丝绒的拖地长裙在脚下绊来绊去。

"你们好！"太阳一边从海上升起一边说："美人们，你们好！不过——够了，安静点儿吧！如果你们不停地跳得那么高，孩子们就不能游泳了！应该让世人都感到很好，对吧？"

绿色的蜥蜴从石缝中爬出来，眨着惺忪的睡眼互相说道：

"今天要热啊！"

在炎热的天气里，苍蝇懒得飞，蜥蜴容易捉到它们吃，而吃肥大的苍蝇该多么惬意呀！蜥蜴是不要命的馋鬼。

沾满沉甸甸露珠的花朵摇摇摆摆，好像在引逗人似的说：

"先生，请描写一下我们早晨载着露珠的美貌吧！请用语言给花儿们画一幅小小的肖像吧！试试看，这很容易，因为我们是非常普通……"

这些狡猾的小家伙！它们明明知道人不能用语言描绘出它们那招人喜欢的美貌来，——它们在笑呢！

我尊敬地摘下了帽子，对它们说：

"你们太可爱了！谢谢你们给我的光荣，不过我今天没有时间。以后，也许……"

它们骄傲地笑了，把脸朝向人阳，太阳的光辉在露珠上闪烁着，花瓣和叶子像钻石似的闪着光芒。

金色的蜜蜂和胡蜂已在花儿上边盘旋，它们一边盘旋，一边贪婪地采集着馥郁的花粉，而在温暖的空气中则充满着它们浑厚的歌声：

赞美太阳——

使生活变得快乐！

赞美劳动——

使大地变得美丽！

红胸脯的知更鸟醒了，它用纤细的两腿站着，摇摇摆摆，也在唱着自己轻柔而快乐的歌，——鸟儿比人更懂得生活在世上是多么幸福！知更鸟总是首先出来迎接朝阳；在遥远而寒冷的俄罗斯，知更鸟被叫作"朝霞鸟"，因为这种鸟胸脯上羽毛是朝霞色的。在灌木丛中，活泼的黄雀跳跃着，它们的颜色灰黄相间，像街上的孩子——也那么淘气，那么不停地喊叫着。

追捕昆虫的燕子和雨燕一掠而过，如黑色的箭支，发出愉快和幸福的声音，——长一对轻快的翅膀多么好啊！笠松的枝叶摇晃着，它们宛如一些大酒杯，注满了阳光就像注满了金色的醇酒一样。

以劳动为生的人们醒来了。他们终生美化世界，为世界创造财富，但却从生到死一直受穷受苦。

是什么原因呢？

这个问题，你以后长大了就会明白，当然，如果你想明白的话；而现在呢，你要学会热爱太阳，热爱一切快乐和力量的源泉，要快活，要善良，就像对万物一视同仁的善良的太阳一样。

人们醒了，他们向田野走去，向自己的劳动场所走去，太阳看着他们，微笑着：它最了解人们在大地上做了多少好事，它曾看到过从前的大地是一片荒凉，而如今则满是人们——人们祖祖辈辈创造的伟大劳动成果，除了那些严肃的、孩子们现在还不能理解的事物之外，他们还创造了各种玩具和世上一切令人高兴的东西，如电影院。

啊，我们的先人劳动得多么出色！他们在我们周围所创造的一切伟大劳动成果是多么值得爱惜和尊重啊！

孩子们，不妨想一想：人在大地上劳动的童话是世界上最有趣的童话呀！……

田埂上的玫瑰正在泛红，各处的花儿都在微笑，其中有许多正在凋谢，但它们仍然望着蓝天，望着金色的太阳；它们丝绒似的花瓣簌簌作响，散发出一种甜蜜的馨香，而在蔚蓝色的温暖的洋溢着芬芳的空气里，则轻轻地荡漾着柔情爱抚的歌声：

> 美终究是美，
>
> 即使是在它凋谢的时候；
>
> 我们的爱始终是爱，
>
> 即使是在我们要死的时候……
>
> 白天降临了！
>
> 你们好啊，孩子们，愿你们的一生里有无数个美好的白天！

我写的这个东西枯燥吗？

真是毫无办法：人一过了四十岁，就变得有些枯燥了。

秋天踏着车来了

[苏联]尼·斯米尔诺夫

这是一个疾风劲吹的日子，在黄昏前我漫步的田野上空，流云好像飞速翻动的书页匆匆飘过。但云缝中露出的蓝天却更加明亮，更加湛蓝。转眼间，蓝天被划成无数条明亮闪烁的小径从东向西蜿蜒而去，西边的天空泛起从未见过的各式各样的绚丽霞光……

风儿不断把云彩吹向西天，流云崩塌了，喷泻着火焰翻腾的岩浆，然后凝结成色彩斑斓的群山——鲜红色皇冠般的落日很快便垂到了它们的脊背上。在天空的另一边，树梢上现出了一弯新月，恰似一枝角笛，姗姗而来的夜晚吹响了它。

风转向了，它从南方吹来，然后向北方掠去，在那里归于沉寂。

风儿掠过的田野广袤无垠：俄罗斯一望无际。

空气格外清新，弥漫着艾蒿的辛香和沼泽的气味，小路的拐弯处一个人骑着自行车径直朝我而来，这是集体农庄的一位姑娘，身穿白色绒线衫和红裙子。及至和我并肩，她刹住车，柔声说道："有点秋天的味儿了……"说着，左手抛给我一个像大理石似的熟透了的苹果，便又朝前骑去。

我恍若觉得，这踏着自行车跑来的正是秋天，它带着薄薄的霜花闪光的红叶。

山

[美国]威廉·福克纳

威廉·福克纳（1897—1962），美国作家。代表作有《喧哗与骚动》等。1949年获诺贝尔文学奖。

在他的前方，在稍稍高出他头的上面，山清晰地映衬着蓝天。一阵飕飕的风拂过，宛如一泓清水，他似乎可以从路上抬起双脚，乘风游上并越过山去。风充满了他胸前的衬衫，拍打着他周身宽松的短外衣和裤子，搅乱了他那宁静的圆胖面孔上边没有梳理的头发。他瘦长的腿影滑稽地垂直起落，好像缺少前进的动力，好像他的身体被一个古怪的上帝催眠，进行着木偶式的操作，而时间和生命越过他逝去，把他抛在后面。最后，他的影子到达山顶，头朝前落在它上面。

首先进入他眼帘的是对面的山谷，在午后和暖的阳光下，显得青翠欲滴。一座白色教堂的尖顶依山耸立，犹如梦境一般，红色的、浅绿色的和橄榄色的屋顶，掩映在开花的橡树和榆树丛中。三株白杨的叶子在一堵阳光照射的灰墙上闪亮，墙边是白色和粉红色花朵盛开的梨树和苹果树；虽然山谷没有一丝风影，树枝却在四月的压迫下变得弯曲，树叶间浮荡着银色的雾。整个山谷伸展在他下面，他的影子宁静而巨大，伸出很远，跨过谷地。到处都有　缕青烟缭绕。村庄在夕阳下笼罩着一片寂静，似乎它已沉睡了一个世纪；欢乐和忧愁，希望和失望交集，等待着时间的终结。

从山顶眺望，山谷是一幅静止的树木和屋宇的镶嵌画。山顶上他看不到被春雨所湿润、布满牛马蹄痕的杂乱的一小块一小块荒地，看不到成堆的冬天灰烬和生锈的罐头盒，看不到贴满的色情画和广告的告示牌。没有争斗、虚荣心、野心、贪婪和宗教争论的一丝痕迹，他也看不到被烟草染污的法院布告栏。山谷中除了袅袅上升的青烟和白杨的颤抖外，没有任何活动，除了一个铁砧的有节奏的微弱的回声外，没有任何别的声音。

他脸上的平淡无奇开始转化为内心的冲动，心灵上的可怕的摸索。他的巨大阴影像一个特异的人映在教堂上，一瞬间他几乎抓住了一些与他格格不入的东西，但它们又躲开他；他不知道有什么东西能突破心灵屏障与他交流。在他身后是用他的双手干一天粗活，去与自然斗争，取得衣食和一席就寝之地，是一种以他的身体和不少生存日子为代价取得的胜利；在他前面是一座村庄，他这个连领带也不系的临时工的家庭就在那里。此外，等待他的是另外一天的艰苦劳动以得到衣食和一席就寝之地，这样，他开始明白了自己命运的无关紧要，他的心今后不再为那些道德说教和原则所干扰，最后，他却被春天落日时分的一个山谷不可抗拒的魅力所打动。

太阳静静地西沉，山谷突然处于暗影之中，他一直在阳光下生活和劳动，现在太阳离开他，他那不安的心第一次宁静下来。在黄昏中，这儿的林间女神和农牧神可能在冰冷的星星下，尖声吹奏风笛，用钹发出颤声和嘶嘶声，造成一片喧嚷……在他身后是满天火红的落霞，在他前面是映衬在变幻的天空中的山谷。他站在一端地平线上，凝视着另一端地平线，那里是无穷无尽的苦役而又使人不能安寝的尘世；他心事浩渺，有一段时间他忘掉了一切……现在他必须回家去了，他于是缓步下山。

湖光水色

[美国]梭罗

亨利·梭罗（1817—1862），美国散文作家，作品往往充满经验色彩，想象丰富，语言神秘。代表作有散文集《华尔登》。

以景物论，华尔登似仍显一般，虽说风光秀丽，但却远远不够宏伟，尤其对于不常来此或不曾卜居湖滨的人，未必能留下深刻印象；然而这里的湖水却是如此深邃而纯净，故也颇值一记。这一泓湖水澄澈碧绿，湖身长半英里，周围一又四分之三英里，面积六十一英亩半；湖居一松栎林中，为一长流泉所潴成，无明显出入口，故水量的盈虚多系于当地的云雨与蒸发。沿湖多山，其势若自水面陡起，故于三四分之一英里之地面，山丘已高拔至四十至八十八英尺，至于东与东南面，甚至高达百英尺与百五十英尺不等。而那里概为林池。我们康谷一带河湖的水色至少不下两种：一为远观之色，一为近视（尤其是身旁近处）之色。前者似更多取决于光线的明暗，每每因天气而不同。天气晴和的夏日，稍远处的水即呈蓝色，尤其当水面激荡的时候；如观看的距离稍远，则一例为蔚蓝，并无区别。遇风雨晦暝的天气，水面则略呈青灰色。据说海的颜色更加变幻无定，往往一日为蓝，另一日则又为绿，尽管周围的天色并无明显变化。我注意过这里的河水，当雪满山原的时候，不论冰和水都青翠得如绿草一般。有人以为蓝色乃是"纯净的水的颜色，不论是固体液体"。但是如果我们从船边近处俯视，这些水却又呈现出多种多样的色泽。华尔登湖就是一时一个样子，一会儿是蓝，一会儿又成了绿，即使观看的角度不变。居处于下界与穹苍之间，天光山色都不免要映入湖中。登山俯视，湖面即呈高空的天青色；但自近处观之，近岸泥沙可见处的水面却微近橙黄，渐至湖上，复为嫩绿，如此依次转浓，迨至湖心深处，则又浑然一绝暗碧。然而在某种明暗之下，即使山顶处所见的近岸一带也可能是色泽光艳，溅溅新绿。有人认为这乃是林峦翠微的一种反照；但可怪的是铁路的沙基之侧也是同一颜色，另外初春树叶未密之前也是这样，故我以为这可能是天空的缥青与岸沙的橙黄互映交融所致。这里的鸢尾即是这类绿色。另外还有一些地方，入春以后，湖上的冰为来自湖底的日照的热量乃至沿岸的地气所暖，开始渐渐融化，于是在湖中尚未解冻处竟出现一道涓涓细流，而那细流也呈这种色泽。与此地的一切水流相同，每当有风雨后晴朗的天气，因而波面最能以一定角度反映天空的色泽时（或者因为波面能充分摄取各种光线），这时自离湖稍远处观之，湖面所呈现的一派湛蓝甚至会较天空本身的颜色更深一层；而这时，由于身在湖上，而且为了研究反光，不能不天空水面两头瞅着，这时我确曾在那里窥见了一种难以名状的浅蓝——水中灯下变幻不定的娟丝或刀锋剑端上青光或者近之——较之天空还要缥青，这样整个波面也到处是一边淡蓝，一边深青，交相辉映，蔚成奇景，但是相比之下，后者几乎近于混浊。实际上，那淡蓝乃是一种透着微绿的琉璃翠；回忆起来，只有一次冬日黄昏在林际上空处偶然见过。但是把这水盛入杯中，面光而视，却正如一杯空气那样，完全没有任何颜色。我们都知道，一只较大的玻璃盘往往即呈现浅绿，而其原因据玻璃匠人说则在它的"个头"，如体积稍小，便又不见颜色。至于华尔登湖的水要多到什么程度才出这种色泽，我却不曾作过试验。此地的河湖如从上直视时，一般常作黑色或深蓝色，而且与多数湖泊相同，往往给在其中洗浴者的身上带来一种淡黄光泽；但由于华尔登的湖水竟像水晶般的那么澄澈，因而在这里洗浴者的身上往往呈现出一种雪花石膏似的苍白，再加上浸泡在水中时人的身体不免有点膨胀与变形，看起来极不自然，不过那效果之微妙奇特，恐怕唯有米开朗琪罗之辈的绘画大师才能追摹得来了。

荷塘月色

[中国]朱自清

朱自清（1989—1948），字佩弦，江苏扬州人，现代著名诗人、散文家、学者。主要作品有散文集《背影》《生命的价值七毛钱》等。

这几天心里颇不宁静。今晚在院子里坐着乘凉，忽然想起日日走过的荷塘，在这满月的光里，总该另有一番样子吧。月亮渐渐地升高了，墙外马路上孩子们的欢笑，已经听不见了；妻在屋里拍着闰儿，迷迷糊糊地哼着眠歌。我悄悄地披了大衫，带上门出去。

沿着荷塘，是一条曲折的小煤屑路。这是一条幽僻的路；白天也少人走，夜晚更加寂寞。荷塘四面，长着许多树，蓊蓊郁郁的。路的一旁，是些杨柳，和一些不知道名字的树。没有月光的晚上，这路上阴森森的，有些怕人。今晚却很好，虽然月光也还是淡淡的。

路上只我一个人，背着手踱着。这一片天地好像是我的；我也像超出了平常的自己，到了另一世界里。我爱热闹，也爱冷静；爱群居，也爱独处。像今晚上，一个人在这苍茫的月下，什么都可以想，什么都可以不想，便觉是个自由的人。白天里一定要做的事，一定要说的话，现在都可不理。这是独处的妙处，我且受用这无边的荷香月色好了。

曲曲折折的荷塘上面，弥望的是田田的叶子。叶子出水很高，像亭亭的舞女的裙。层层的叶子中间，零星地点缀着些白花，有袅娜地开着的，有羞涩地打着朵儿的；正如一粒粒的明珠，又如碧天里的星星，又如刚出浴的美人。微风过处，送来缕缕清香，仿佛远处高楼上渺茫的歌声似的。

这时候叶子与花也有一丝的颤动，像闪电般，霎时传过荷塘的那边去了。叶子本是肩并肩密密地挨着，这便宛然有了一道凝碧的波痕。叶子底下是脉脉的流水，遮住了，不能见一些颜色；而叶子却更见风致了。

月光如流水一般，静静地泻在这一片叶子和花上。薄薄的青雾浮起在荷塘里。叶子和花仿佛在牛乳中洗过一样；又像笼着轻纱的梦。虽然是满月，天上却有一层淡淡的云，所以不能朗照；但我以为这恰是到了好处——酣眠固不可少，小睡也别有风味的。月光是隔了树照过来的，高处丛生的灌木，落下参差的斑驳的黑影，峭楞楞如鬼一般；弯弯的杨柳的稀疏的倩影，却又像是画在荷叶上。塘中的月色并不均匀；但光与影有着和谐的旋律，如梵婀玲上奏着的名曲。

荷塘的四面，远远近近，高高低低都是树，而杨柳最多。这些树将一片荷塘重重围住；只在小路一旁，漏着几段空隙，像是特为月光留下的。树色一例是阴阴的，乍看像一团烟雾；但杨柳的风姿，便在烟雾里也辨得出。树梢上隐隐约约的是一带远山，只有些大意罢了。树缝里也漏着一两点路灯光，没精打采的，是渴睡人的眼。这时候最热闹的，要数树上的蝉声与水里的蛙声；但热闹是它们的，我什么也没有。

忽然想起采莲的事情来了。采莲是江南的旧俗，似乎很早就有，而六朝时为盛；从诗歌里可以约略知道。采莲的是少年的女子，她们是荡着小船，唱着艳歌去的。采莲人不用说很多，还有看采莲的人。那是一个热闹的季节，也是一个风流的季节。梁元帝《采莲赋》里说得好：于是妖童媛女，荡舟心许；鹢首徐回，兼传羽杯；櫂将移而藻挂，船欲动而萍开。尔其纤腰束素，迁延顾步；夏始春余，叶嫩花初，恐沾裳而浅笑，畏倾船而敛裾。

可见当时嬉游的光景了。这真是有趣的事，可惜我们现在早已无福消受了。

于是又记起《西洲曲》里的句子：采莲南塘秋，莲花过人头；低头弄莲子，莲子清如水。今晚若有采莲人，这儿的莲花也算得"过人头"了；只不见一些流水的影子，是不行的。这令我到底惦着江南了。——这样想着，猛一抬头，不觉已是自己的门前；轻轻地推门进去，什么声息也没有，妻已睡熟好久了。

1927年7月，北京清华园。

秋夜

[中国]鲁迅

鲁迅（1881—1936），中国现代文学史上伟大的文学家、思想家和革命家。原名周树人，字豫才，浙江绍兴人。他一生创作了大量的散文、小说、杂文等文学作品。

在我的后园，可以看见墙外有两株树，一株是枣树，还有一株也是枣树。

这上面的夜的天空，奇怪而高，我生平没有见过这样的奇怪而高的天空。他仿佛要离开人间而去，使人们仰面不再看见。然而现在却非常之蓝，闪闪的夹着几十个星星的眼，冷眼。他的口角上现出微笑，似乎自以为大有深意，而将繁霜洒在我的园里的野花草上。

我不知道那些花草真叫什么名字，人们叫他们什么名字。我记得有一种开得极细小的粉红花，现在还开着。但是更极细小了，她在冷的夜气中，瑟缩的做梦，梦见春的到来，梦见秋的到来，梦见瘦的诗人将眼泪擦在他最爱的花瓣上，告诉她秋虽然来，冬虽然来，而此后接着还是春，蝴蝶乱飞，蜜蜂都唱起春词来了。她于是一笑，虽然颜色冻得红惨惨地，仍然瑟缩着。

枣树，他们简直落尽了叶子。先前，还有一两个孩子来打他们别人打剩的枣子，现在是一个也不剩了，连叶子也落尽了。他知道小粉红花的梦，秋后要有春，他也知道落叶的梦，春后还是秋。他简直落尽叶子，单剩干子，然而脱落了当初满树是果实和叶子时候的弧形，欠身得很舒服。但是有几枝还低亚着，护定他从打枣的干梢所得的皮伤，而最直最长的几枝，却已经默默地的铁似的直刺着奇怪而高的天空，使天空闪闪的鬼眨眼。直刺着天空中圆满的月亮，使月亮窘得发白。

鬼眨眼的天空越加非常之蓝，不安了，仿佛想离去人间，避开枣树，只将月亮剩下。然而月亮也暗暗地躲到东边去了。而一无所有的干子，却仍然默默的铁似的直刺着奇怪而高的天空，一意要制他的死命，不管他各式各样的夹着许多蛊惑的眼睛。

哇的一声，夜游的恶鸟飞过了。

我忽而听到夜半的笑声，吃吃地，似乎不愿惊动睡着的人，然而四围的空气都应和着笑。夜半，没有别的人，我即刻听出这声音就在我嘴里，我也即刻被这笑声所驱逐，回进自己的房。灯火的袋子也即刻被我悬高了。

后窗的玻璃上叮叮地响，还有许多小飞虫乱撞。不多久，几个进来了，许是从窗口的破洞进来的。他们一进来，又在玻璃的灯罩上撞的叮叮得响。一个从上面撞进去了，他于是遇到火，而且我以为这火是真的。两三个却歇在灯的纸罩上喘气。那罩是昨晚新换得罩，雪白的纸，折出波浪纹的叠痕，一角还画出一枝猩红色的栀子。

猩红的栀子开花时，枣树又要做小粉红花的梦，青葱地弯成弧形了……我又听见夜半的笑声；我赶紧砍断我的心绪，看老在白纸罩上的小青虫，头大尾小，向日葵籽似的，只有半粒小麦那么大；遍身的颜色苍翠的可爱，可怜。

我打了一个呵欠，点起一支烟，喷出烟来，对着灯默默的敬奠这些苍翠精致的英雄们。

一九二四年九月十五日。

雪

[中国]鲁迅

暖国的雨，向来没有变过冰冷的坚硬的灿烂的雪花。博识的人们觉得他单调，他自己也以为不幸否耶？江南的雪，可是滋润美艳之至了；那是还在隐约着的青春的消息，是极壮健的处子的皮肤。雪野中有血红的宝珠山茶，白中隐青的单瓣梅花，深黄的磬口的腊梅花；雪下还有冷绿的杂草。蝴蝶确乎没有；蜜蜂是否来采山茶花和梅花的蜜，我可记不真切了。但我的眼前仿佛看见花开在雪野中，有许多蜜蜂们忙碌地飞着，也听得他们嗡嗡地闹着。

孩子们呵着冻得通红，像紫芽姜一般的小手，七八个一齐来塑雪罗汉。因为不成功，谁的父亲也来帮忙了。罗汉就塑得比孩子们高得多，虽然不过是上小下大的一堆，终于分不清壶卢还是罗汉，然而很洁白，很明艳，以自身的滋润相粘结，整个地闪闪地生光。孩子们用龙眼核给他做眼珠，又从谁的母亲的脂粉奁中偷得胭脂来涂在嘴唇上。这回确是一个大阿罗汉了。他也就目光灼灼地嘴唇通红地坐在雪地里。

第二天还有几个孩子来访问他；对了他拍手、点头、嘻笑。但他终于独自坐着了。晴天又来消释他的皮肤，寒夜又使他结一层冰，化作不透明的水晶模样，连续的晴天又使他成为不知道算什么，而嘴上的胭脂也褪尽了。但是，朔方的雪花在纷飞之后，却永远如粉，如沙，他们决不粘连，撒在屋上，地上，枯草上，就是这样。屋上的雪是早已就有消化了的，因为屋里居人的火的温热。别的，在晴天之下，旋风忽来，便蓬勃地奋飞，在日光中灿灿地生光，如包藏火焰的大雾，旋转而且升腾，弥漫太空，使太空旋转而且升腾地闪烁。

在无边的旷野上，在凛冽的天宇下，闪闪地旋转升腾着的是雨的精魂……

是的，那是孤独的雪，是死掉的雨，是雨的精魂。

故都的秋

[中国]郁达夫

郁达夫（1896—1945），原名郁文，字达夫，幼名阿凤，浙江富阳人，中国现代著名小说家、散文家、诗人。代表作有短篇小说集《沉沦》、小说《迟桂花》等。

秋天，无论在什么地方的秋天，总是好的；可是啊，北国的秋，却特别来得清，来得静，来得悲凉。我的不远千里，要从杭州赶上青岛，更要从青岛赶上北平来的理由，也不过想尝一尝这"秋"，这故都的秋味。

江南，秋当然也是有的；但草木凋得慢，空气来得润，天的颜色显得淡，并且又时常多雨而少风；一个人夹在苏州上海杭州，或厦门香港广州的市民中间，混混沌沌地过去，只能感到一点点清凉，秋的味，秋的色，秋的意境与姿态，总是看不饱，尝不透，赏玩不到十足。秋并不是名花，也并不是美酒，那一种半开，半醉的状态，在领略秋的过程上，是不合适的。

不逢北国之秋，已将近十余年了。在南方每年到了秋天，总要想起陶然亭的芦花，钓鱼台的柳影，西山的虫唱，玉泉的夜月，潭柘寺的钟声。在北平即使不出门去罢，就是在皇城人海之中，租人家一椽破屋来住着，早晨起来，泡一碗浓茶，向院子一坐，你也能看得到很高很高的蔚蓝的天色，听得到青天下驯鸽的飞声。从槐树叶底，朝东细数着一丝一丝漏下来的日光，或在破壁腰中，静对着像喇叭似的牵牛花（朝荣）的蓝朵，自然而然地也能感觉到十分的秋意。说到了牵牛花，我以为以蓝色或白色者为佳，紫黑色次之，淡红色最下。最好，还要在牵牛花底，教长着几根疏疏落落的尖细且长的秋草，使作陪衬。

北国的槐树，也是一种能使人联想起秋来的点缀。像花而又不是花的那一种落蕊，早晨起来，会铺得满地。脚踏上去，声音也没有，气味也没有，只能感出一点点极微细极柔软的触觉。扫街的在树影下一阵扫后，灰土上留下来的一条条扫帚的丝纹，看起来既觉得细腻，又觉得清闲，潜意识下并且还觉得有点儿落寞，古人所说的梧桐一叶而天下知秋的遥想，大约也就在这些深沉的地方。

秋蝉的衰弱的残声，更是北国的特产；因为北平处处全长着树，屋子又低，所以无论在什么地方，都听得见它们的啼唱。在南方是非要上郊外或山上去才听得到的。这秋蝉的嘶叫，在北平可和蟋蟀耗子一样，简直像是家家户户都养在家里的家虫。

还有秋雨哩，北方的秋雨，也似乎比南方的下得奇，下得有味，下得更像样。

在灰沉沉的天底下，忽而来一阵凉风，便簌簌索索落地下起雨来了。一层雨过，云渐渐地卷向了西去，天又青了，太阳又露出脸来了；著着很厚的青布单衣或夹袄的都市闲人，咬着烟管，在雨后的斜桥影里，上桥头树底下去一立，遇见熟人，便会用了缓慢悠闲的声调，微叹着互答着的说：

"唉，天可真凉了——"（这了字念得很高，拖得很长。）

"可不是么？一层秋雨一层凉了！"

北方人念阵字，总老像是层字，平平仄仄起来，这念错的歧韵，倒来得正好。

北方人的果树，到秋来，也是一种奇景。第一是枣子树；屋角，墙头，茅房边上，灶房门口，它都会一株株地长大起来。像橄榄又像鸽蛋似的这枣子颗儿，在小椭圆的细叶中间，显出淡绿微黄的颜色的时候，正是秋的全盛时期；等枣树叶落，枣子红完，西北风就要来了。北方便是尘沙灰土的世界，只有这枣子、柿子、葡萄成熟到八九分的七八月之交，是北国的清秋的佳日，是一年之中最好也没有的Golden Days。

有些批评家说，中国的文人学士，尤其是诗人，都带着很浓厚的颓废色彩，所以中国的诗文里，颂赞秋的文字特别的多。但外国的诗人，又何尝不然？我虽则外国诗文念得不多，也不想开出账来，做一篇秋的诗歌散文钞，但你若去一翻英德法意等诗人的集子，或各国的诗文的An-thology来，总能够看到许多关于秋的歌颂与悲啼。各著名的大诗人的长篇田园诗或四季诗里，也总以关于秋的部分，写得最出色而最有味。足见有感觉的动物，有情趣的人类，对于秋，总是一样的能特别引起深沉，幽远，严厉，萧索的感触来的。不单是诗人，就是被关闭在牢狱里的囚犯，到了秋天，我想也一定会感到一种不能自已的深情；秋之于人，何尝有国别，更何尝有人种阶级的区别呢？不过在中国，文字里有一个"秋士"的成语，读本里又有着很普遍的欧阳子的秋声与苏东坡的赤壁赋等，就觉得中国的文人，与秋的关系特别深了。可是这秋的深味，尤其是中国的秋的深味，非要在北方，才感受得底。

南国之秋，当然是也有它的特异的地方的，比如廿四桥的明月，钱塘江的秋潮，普陀山的凉雾，荔枝湾的残荷等等，可是色彩不浓，回味不永。比起北国的秋米，正像是黄酒之与白干，稀饭之与馍馍，鲈鱼之与大蟹，黄犬之与骆驼。

秋天，这北国的秋天，若留得住的话，我愿把寿命的三分之二折去，换得一个三分之一的零头。

泰山日出

[中国]徐志摩

徐志摩（1897—1931），浙江硖石人，中国现代文学史"新风派"的代表诗人。作品有《志摩的诗》《翡冷翠的一夜》《猛虎集》等，其中大量是情诗。

振铎来信要我在《说月报》的泰戈尔号上说几句话。我也曾答应了，但这一时游济南游泰山游孔陵，太乐了，一时竟拉不拢心思来做整篇的文字，一直挨到现在期限快到，只得勉强坐下来，把我想得到的话不整齐的写出。

我们在泰山顶上看出太阳。在航过海的人，看太阳从地平线下爬上来，本不是奇事；而且我个人是曾饱饫过江海与印度洋无比的日彩的。但在高山顶上看日出，尤其在泰山顶上，我们无餍的好奇心，当然盼望一种特异的境界，与平原或海上不同的。果然，我们初起时，天还暗沉沉的，西方是一片的铁青，东方些微有些白意，宇宙只是——如用旧词形容——一体莽莽苍苍的。但这是我一面感觉劲烈的晓寒，一面睡眼不曾十分醒豁时约略的印象。等到留心回览时，我不由得大声的狂叫——因为眼前只是一个见所未见的境界。原来昨夜整夜暴风的工程，却砌成一座普遍的云海。除了日观峰与我们所在的玉皇顶以外，东西南北只是平铺着弥漫的云气，在朝旭未露前，宛似无量数厚毳长绒的绵羊，交颈接背的眠着，卷耳与弯角都依稀辨认得出。那时候在这茫茫的云海中，我独自站在雾霭溟蒙的小岛上，发生了奇异的幻想——

我躯体无限的长大，脚下的山峦比例我的身量，只是一块拳石；这巨人披着散发，长发在风里像一面墨色的大旗，飒飒的在飘荡。这巨人竖立在大地的顶尖上，仰面向着东方，平拓着一双长臂，在盼望，在迎接，在催促，在默默的叫唤；在崇拜，在祈祷，在流泪——在流久慕未见而将见悲喜交互的热泪……

这泪不是空流的，这默祷不是不生显应的。

巨人的手，指向着东方——

东方有的，在展露的，是什么？

东方有的是瑰丽荣华的色彩，东方有的是伟大普照的光明——出现了，到了，在这里了……

玫瑰汁、葡萄浆、紫荆液、玛瑙精、霜枫叶——大量的染工，在层累的云底工作；无数蜿蜒的鱼龙，爬进了苍白色的云堆。

一方的异彩，揭去了满天的睡意，唤醒了四隅的明霞——光明的神驹，在热奋地驰骋……

云海也活了；眠熟了兽形的涛澜，又回复了伟大的呼啸，昂头摇尾的向着我们朝露染青馒形的小岛冲洗，激起了四岸的水沫浪花，震荡着这生命的浮礁，似在报告光明与欢欣之临莅……

再看东方——海句力士已经扫荡了他的阻碍，雀屏似的金霞，从无垠的肩上产生，展开在大地的边沿。起……起……用力，用力。纯焰的圆颅，一探再探的跃出了地平，翻登了云背，临照在天空……

歌唱呀，赞美呀，这是东方之复活，这是光明的胜利……

散发祷祝的巨人，他的身彩横亘在无边的云海上，已经渐渐的消翳在普遍的欢欣里；现在他雄浑的颂美的歌声，也已在霞采变幻中，普彻了四方八隅……

听呀，这普彻的欢声；看呀，这普照的光明！

这是我此时回忆泰山日出时的幻想，亦是我想望泰戈尔来华的颂词。

北戴河海滨的幻想

[中国]徐志摩

　　他们都到海边去了。我为左眼发炎不曾去。我独坐在前廊，偎坐在一张安适的大椅内，袒着胸怀，赤着脚，一头的散发，不时有风来撩拂。清晨的晴爽，不曾消醒我初起时睡态；但梦思却半被晓风吹断。我阖紧眼帘内视，只见一斑斑消残的颜色，一似晚霞的余赭，留恋地胶附在天边。廊前的马樱、紫荆、藤萝、青翠的叶与鲜红的花，都将他们的妙影映印在水汀上，幻出幽媚的情态无数；我的臂上与胸前，亦满缀了绿荫的斜纹。

　　从树荫的间隙平望，正见海湾：海波亦似被晨曦唤醒，黄蓝相间的波光，在欣然的舞蹈。滩边不时见白涛涌起，迸射着雪样的水花。浴线内点点的小舟与浴客，水禽似的浮着；幼童的欢叫，与水波拍岸声，与潜涛呜咽声，相间的起伏，竞报一滩的生趣与乐意。但我独坐的廊前，却只是静静的，静静的无甚声响。妩媚的马樱，只是幽幽的微辗着，蝇虫也敛翅不飞。只有远近树里的秋蝉，在纺纱似的垂引他们不尽的长吟。

　　在这不尽的长吟中，我独坐在冥想。难得是寂寞的环境，难得是静定的意境；寂寞中有不可言传的和谐，静默中有无限的创造。我的心灵，比如海滨，生平初度的怒潮，已经渐次的消翳，只剩有疏松的海砂中偶尔的回响，更有残缺的贝壳，反映星月的辉芒。此时摸索潮余的斑痕，追想当时汹涌的情景，是梦或是真，再亦不须辨问，只此眉梢的轻皱，唇边的微哂，已足解释无穷奥绪，深深的蕴伏在灵魂的微纤之中。

　　青年永远趋向反叛，爱好冒险；永远如初度航海者，幻想黄金机缘于浩渺的烟波之外：想割断系岸的缆绳，扯起风帆，欣欣的投入无垠的怀抱。他厌恶的是平安，自喜的是放纵与豪迈。无颜色的生涯，是他日中的荆棘；绝海与凶巇，是他爱取自由的途径。他爱折玫瑰；为她的色香，亦为她冷酷的刺毒。他爱搏狂澜：为他的庄严与伟大，亦为他吞噬一切的天才，最是激发他探险与好奇的动机。他崇拜冲动：不可测，不可节，不可预逆，起，动，消歇皆在无形中，狂飙似的倏忽与猛烈与神秘。他崇拜斗争：从斗争中求剧烈的生命之意义，从斗争中求绝对的实在，在血染的战阵中，呼叫胜利之狂欢或歌败丧的哀曲。

幻象消灭是人生里命定的悲剧；青年的幻灭，更是悲剧中的悲剧，夜一般的沉黑，死一般的凶恶。纯粹的，猖狂的热情之火，不同阿拉伯的神灯，只能放射一时的异彩，不能永久的朗照；转瞬间，或许，便已敛熄了最后的焰舌，只留存有限的余烬与残灰，在未灭的余温里自伤与自慰。

流水之光，星之光，露珠之光，电之光，在青年的妙目中闪耀，我们不能不惊讶造化者艺术之神奇，然可怖的黑影，倦与衰与饱餍的黑影，同时亦紧紧的跟着时日进行，仿佛是烦恼、痛苦、失败，或庸俗的尾曳，亦在转瞬间，彗星似的扫灭了我们最自傲的神辉——流水涸，明星没，露珠散灭，电闪不再！

在这艳丽的日辉中，只见愉悦与欢舞与生趣，希望，闪烁的希望，在荡漾，在无穷的碧空中，在绿叶的光泽里，在虫鸟的歌吟中，在青草的摇曳中——夏之荣华，春之成功。春光与希望，是长驻的；自然与人生，是调谐的。

在远处有福的山谷内，莲馨花在坡前微笑，稚羊在乱石间跳跃，牧童们，有的吹着芦笛，有的平卧在草地上，仰看交幻的浮游的白云，放射下的青影在初黄的稻田中缥缈地移过。在远处安乐的村中，有妙龄的村姑，在流涧边照映她自制的春裙；口衔烟斗的农夫三四，在预度秋收的丰盈，老妇人们坐在家门外阳光中取暖，她们的周围有不少的儿童，手擎着黄白的钱花在环舞与欢呼。

在远——远处的人间，有无限的平安与快乐，无限的春光……

在此暂时可以忘却无数的落蕊与残红；亦可以忘却花荫中掉下的枯叶，私语地预告三秋的情意；亦可以忘却苦恼的僵瘫的人间，阳光与雨露的殷勤，不能再恢复他们腮颊上生命的微笑；亦可以忘却纷争的互杀的人间，阳光与雨露的仁慈，不能感化他们凶恶的兽性；亦可以忘却庸俗的卑琐的人间，行云与朝露的丰姿，不能引逗他们刹那间的凝视；亦可以忘却自觉的失望的人间，绚烂的春时与媚草，只能反激他们悲伤的意绪。

　　我亦可以暂时忘却我自身的种种；忘却我童年期清风白水似的天真；忘却我少年期种种虚荣的希冀；忘却我渐次的生命的觉悟；忘却我热烈的理想的寻求；忘却我心灵中乐观与悲观的斗争；忘却我攀登文艺高峰的艰辛；忘却刹那的启示与彻悟之神奇；忘却我生命潮流之骤转；忘却我陷落在危险的旋涡中之幸与不幸；忘却我追忆不完全的梦境；忘却我大海底里埋首的秘密；忘却曾经刲割我灵魂的利刃，炮烙我灵魂的烈焰，摧毁我灵魂的狂飙与暴雨；忘却我的深刻的怨与艾；忘却我的冀与愿；忘却我的恩泽与惠感；忘却我的过去与现在……

　　过去的实在，渐渐的膨胀，渐渐的模糊，渐渐的不可辨认；现在的实在，渐渐的收缩，逼成了意识的一线，细极狭极的一线，又裂成了无数不相联续的黑点……黑点亦渐次的隐翳？幻术似的灭了，灭了，一个可怕的黑暗的空虚……

春底林野

[中国]许地山

　　许地山（1893—1941），笔名落花生，著名的文学研究会发起人之一。著作有小说集《缀网劳蛛》《解放者》；散文集《空山灵雨》《杂感集》。

　　春光在万山环抱里，更是泄露得迟。那里底桃花还是开着；漫游的薄云从这峰飞过那峰，有时稍停一会，为的是挡住太阳，教地面底花草在它底荫下避避光焰底威吓。

岩下底萌处和山溪底旁边满长了薇蕨和其他凤尾草。红、黄、蓝、紫的小草花点缀在绿茵上头。

天中底云雀，林中底金莺，都鼓起它们底舌簧。轻风把它们底声音挤成一片，分送给山中各样有耳无耳的生物。桃花听得入神，禁不住落了几点粉泪，一片一片凝在地上。小草花听得大醉，也和着声音底节拍一会倒，一会起，没有镇定的时候。

林下一班孩子正在那里捡桃花底落瓣哪。他们捡着，清儿忽嚷起来，道："嗄，邕邕来了！"众孩子住了手，都向桃林底尽头盼望。果然邕邕也在那里摘草花。

清儿道："我们今天可要试试阿桐底本领了。若是他能办得到，我们都把花瓣穿成一串璎珞围在地身上，封他为大哥如何？"

众人都答应了。

阿桐走到邕邕面前，道："我们正等着你来呢。"

阿桐底左手盘在邕邕底脖上，一面走一面说："今天他们要替你办嫁妆，教你做我底妻子。你能做我底妻子么？"

邕邕狠视了阿桐一下，回头用手推开他，不许他底手再搭在自己脖上。孩子们都笑得支持不住了。

众孩子嚷道。"我们见过邕邕用手推人了！阿桐赢了！"

邕邕从来不会拒绝人，阿桐怎能知道一说那话，就能使她动手呢？是春光底荡漾，把他这种心思泛出来呢？或者，天地之心就是这样呢？

你且看：漫游的薄云还是从这峰飞过那峰。

你且听：云雀和金莺底歌声还布满了空中和林中。在这万山环抱的桃林中，除那班爱闹的孩子以外，万物把春光领略得心眼都迷蒙了。

冬天之美

[法国]乔治·桑

> 乔治·桑（1804—1876），法国女作家。1832年，乔治·桑因发表第一部小说《安蒂亚娜》而成名。她的主要作品有《康素埃洛》《安吉堡的磨工》等。

　　我从来就热爱乡村的冬天。我无法理解富翁们的情趣，他们在一年当中最不适于举行舞会、讲究穿着和奢侈挥霍的季节，将巴黎当做狂欢的场所。大自然在冬天邀请我们到火炉边去享受天伦之乐，而且正是在乡村才能领略这个季节罕见的明媚的阳光。在我国的大都市里，臭气熏天和冻结的烂泥几乎永无干燥之日，看见就令人恶心。在乡下，一片阳光或者刮几小时风就能使空气变得清新，使地面干爽。可怜的城市工人对此十分了解，他们滞留在这个垃圾场里，实在是由于无可奈何。我们的富翁们所过的人为的、悖谬的生活，违背大自然的安排，结果毫无生气。英国人比较明智，他们到乡下别墅里去过冬。

　　在巴黎，人们想象大自然有六个月毫无生机，可是小麦从秋天就开始发芽，而冬天惨淡的阳光——大家惯于这样描写它——是一年之中最灿烂、最辉煌的。当它拨开云雾，当它在严冬傍晚披上闪烁发光的紫红色长袍坠落时，人们几乎无法忍受它那令人炫目的光芒。即使在我们严寒却偏偏不恰当地称为温带的国家里，自然界万物永远不会除掉盛装和失去盎然的生机，广阔的麦田铺上了鲜艳的地毯，而天际低矮的太阳在上面投下了绿宝石的光辉。地面披上了美丽的苔藓。华丽的常春藤涂上了大理石鲜红和金色的斑纹。报春花、紫罗兰和孟加拉玫瑰躲在雪层下面微笑。由于地势的起伏，由于偶然的机缘，还有其他几种花儿躲过严寒幸存下来，而随时能使你感到意想不到的欢愉。虽然百灵鸟不见踪影，但有多少喧闹而美丽的鸟儿路过这儿，在河边栖息和休憩！当地面的白雪像璀璨的钻石在阳光下闪闪发光，或者当挂在树梢的冰凌组成神奇的连拱和无法描绘的水晶的花彩时，有什么东西比白雪更加美丽呢？在乡村的漫漫长夜里，大家亲切地聚集一堂，甚至时间似乎也听从我们使唤。由于人们能够沉静下来思索，精神生活变得异常丰富。这样的夜晚，同家人围炉而坐难道不是极大的乐事吗？

雪

[法国]圣琼·佩斯

圣琼·佩斯（1887—1975），法国著名散文作家。其作品触及人的灵魂，写风景借景抒情。代表作有《这样的理想和盼望》。1960年获诺贝尔文学奖。

于是降雪了，首批别离的降雪，落到梦幻和现实织成的巨幅布帛上；有记忆的人们忘却了种种苦楚，我们双鬓唯有床单的清香。这是大清早，盐灰的曙色笼罩，约莫早于六点钟光景，犹如做客于一个临时的港口，一处恩赐的避难所：在这里，散落着串串静谧的伟大颂歌。

这一通宵，不知不觉，鹅毛雪片纷扬不息，那座座摩天大厦——被晶莹剔透的浮石，高高地托起无数心灵的遗痕和重荷，不停地增长，而且将所负的重载悄然忘怀。唯有那些昆虫，略知其中底细，不过它们的记性恍惚，讲述的又很怪诞，心灵对这些非凡事物所起的影响，我们也从无知晓。

谁也不曾诧异，谁也不曾察视，这些绒般的时刻，这轻脆、细琐之极的东西首次掠过，触及那高耸的石面，好像睫毛。在青铜的覆盖和铬钢的射角上，在哑然的瓷砾和厚大的玻璃瓦上，在黑大理石的雕骑和白金属的马刺上，都一一落上了阵雪，没有任何惊动，也没有人玷污，这气息初凝的水汽。

恰似一柄刚出鞘的宝剑乍现的一颤……雪在下，看呀，我们来说说它的奇妙吧！静静的黎明周身丰羽，像只传奇的巨枭，一任精气吹拂，鼓起它那白色大丽菊的形体。奇景和欢乐从四面八方向我们涌来，让我们朝那露天茶座的门面问候吧，恰是旧年夏天，那位建筑师就在那儿指给我们看过夜鹰下的好些卵。

密西西比河风光

[法国]夏多布里昂

夏多布里昂（1768—1848），法国作家。他的创作主要是小说和散文，代表作有法国最早的浪漫主义小说《阿拉达》和《勒内》，散文诗《纳切兹人》《殉教者》等。

密西西比河岸风光旖旎。西岸，草原一望无际；绿色的波浪逶迤而去，在天际同蓝天连成一片。三四千头一群的野牛在广阔无垠的草原上漫游。有时，一头年迈的野牛劈开波涛，游到河心小岛上，卧在高深的草丛里。看它头上有两弯新月，看它沾满淤泥的飘拂的长髯，你可能把它当成河神。它踌躇满志，望着那壮阔的河流和繁茂而荒野的两岸。

以上是西岸的情景。东岸的风光不同，同西岸形成令人赞叹的对比。河边、山巅、岩石上、幽谷里，各种颜色、各种芳香的树木杂处一堂，茁

永/恒/的/经/典

壮生长；它们高耸入云，为目力所不及。野葡萄、喇叭花、苦苹果在树下交错，在树枝上攀缘，一直爬到顶梢。它们从槭树延伸到鹅掌楸，从鹅掌楸延伸到蜀葵，形成无数洞穴、无数拱顶、无数柱廊，那些在树间攀缘的藤蔓常常迷失方向，它们越过小溪，在水面搭起花桥。木兰树在丛莽之中挺拔而起，耸立着它静止不动的锥形圆顶；它树顶开放的硕大的白花，俯瞰着整个丛林；除了在它身边摇着绿扇的棕榈，没有任何树木可以同它媲美。

被创世主安排在这个偏远的丛莽中的无数动物给这个世界带来魅力和生气。在小径尽头，有几只因为吃饱了葡萄而醉态酩酊的熊，它们在小榆树的枝丫上蹒跚；鹿群在湖中沐浴；黑松鼠在茂密的树林中嬉戏；麻雀般大小的弗吉尼亚鸽从树上飞下来在长满红草莓的草地上踯躅；黄嘴的绿鹦鹉、映照成红色的绿啄木鸟和火焰般的红雀在柏树顶上飞来飞去；蜂鸟在佛罗尼达茉莉上熠熠发光，而捕鸟为食的毒蛇倒挂在树枝交织而成的穹顶上，像藤蔓一样摇来摆去，同时发出阵阵嘶鸣。

如果说河对岸的草原上万籁无声，河这边却是一片骚动和聒噪：鸟喙啄击橡树干的笃笃声，野兽穿越丛林的沙沙声，动物吞噬食物或咬碎果核的咂咂声；潺潺的流水、喁啾的小鸟、低哞的野牛和咕咕叫的斑驳荒野的世界充满一种亲切而粗犷的和谐。可是，如果一阵微风吹进这深邃的丛林，摇动这些飘浮的物体，使白色、蓝色、绿色、玫瑰色的生物混杂交错，使所有的色调融合为浑然一体，使所有的声音汇成合唱，那是多么奇伟的声音，多么壮观的景象！可是，对于没有亲临其境的人，这一切我是无从描绘了。

九月夜景

[法国]弗朗索瓦·莫里亚克

弗朗索瓦·莫里亚克（1885—1970），法国作家。主要作品有《黛莱丝》《蝮蛇结》等。

一道道房门关上了。我推开大门那沉重的门扉。它抵抗着我的推力。从前，母亲每天黎明把门打开，让清新的空气进入屋内，并在阴暗的四壁内把它囚禁到傍晚；那推门的吱嘎声常常把我从梦中惊醒。

我往前走了几步，我停下来，我倾听着。九月的草儿不再颤动了。我仿佛听见葡萄架下有蟋蟀唱歌，但那也许只是我耳朵的嗡鸣和往昔的夏日在我记忆中的絮语。半轮残月挂在空中。月光是微弱的，但足以使其他星星黯然失色。她高悬在那儿，挑逗着大地。对月儿的魅力我变得冷漠了。她飘浮在太多的被忘却的蹩脚诗歌之上。月亮是音乐家和诗人的危险的启迪者，是浅薄的形象和乏味的激情的母亲，她给黑夜和星辰抹上了忧郁的色调。

星辰，并非因为我曾经在它们的荟萃中辨明了自己的方位。可是在这儿，有几颗星星被驯服了，并且脱离了广大的星群，仿佛它们熟悉我的声音，仿佛它们从草原深处应召跑来在我手心里啄食。我要根据我的祖屋的位置才能叫出它们的名字。虽然是为数不多的几颗：我已经忘记猎户座在天空出现的时间和地点。但金牛座在那儿，还有大角星。月亮妨碍我重新找到织女星。

我冷漠、洒脱，穿过我今世不会重演的那出戏的布景往前走去。我诅咒月亮，但我摈弃的是整个夜的奥秘。同黑暗串通的年纪已经过去了。在这无边无涯的屏幕上，我不再有什么东西需要投射。青春不仅离开了我们，而且退出了这个世界。任何年轻的生命都是不自知的魔法师。当我们还有可能的时候，我们对黑夜施以魔法。她赐还我们的就是我们给予她的东西。

诗意盎然的黎明

[法国]科莱特

科莱特（1873—1954），法国女作家。主要作品有《动物对话》等。

除了一小块地方，除了那棵银杏（我常常把它鲴鱼形的树叶赠给同学，他们拿去夹在地图册里），整个花园热气逼人，沐浴在略带红、紫的黄灿灿的阳光里。可是我不知道这红色的印象是来自我感情的满足，还是因为我眼花的缘故。金黄的沙砾反射的夏天，穿透我的大草帽的夏天，几乎没有黑夜的夏天……我母亲有感于我对黎明的深情，允许我去迎接它。她按照我的请求，三点半钟叫醒我；我两臂各挽一只篮子，朝河边狭长的沼地走去，去采摘草莓、黑茶藨子和长满须髯的醋栗。

此刻万物仍在混沌的、潮润的、隐隐约约的蓝色中沉睡，我踏着沙砾的小路行走，被自身重量羁绊的烟霞首先浸润我的双腿，然后是我的嘴唇、我的耳朵和全身最敏感的鼻孔……就在这条路上，就在这个时候，我意识到自己的价值，意识到一种不可言喻的幸福，意识到我和早起晨风、第一只鸟儿，以及椭圆形的刚刚出现的太阳之间的默契。

我母亲叫我一声"美人，金宝贝"，然后放我走了；她望着她的作品——她把我当做她的"杰作"——跑开并且在山坡上消失。我当年也许是俊俏的；我母亲的评价和我当时的照片并非总是一致的……我那时之所以显得俊俏，那是因为我风华正茂，因为黎明，因为我碧绿的眼睛，我在晨风中飘拂的金发和我作为被唤醒的孩子同其他尚在酣睡的孩子相比的优越感。

我听见敲过头遍弥撒钟就往回走。但在此之前我已经饱餐了野果，已经像独自出猎的猎犬在树林中兜了一个大圈，还品尝了我崇敬的两眼清泉。一股清冽的泉水铮铮淙淙，勃然冒出地面，并在四周形成一个小沙洲。这股泉水刚出世就丧失了勇气，重新钻入地下。另一股泉水几乎不露踪迹，像蛇一样掠过草地，在草地中央隐秘地迂回。唯有一簇簇开花的水仙证实它的存在。头一股泉水有橡树叶的味儿，另一股有铁和风信子茎的味儿。提起这些泉水，我希望我万事皆休的时候嘴里能够充满它们的芳香，并且含着这想象的清冽的泉水离去……

黎明之花

[法国]兰波

兰波（1854—1891），法国象征派诗人、散文家。作品比喻隐晦，语义深奥。代表作有《地狱里的一季》《灵光集》和诗作《醉舟》。

我拥抱了这夏日的黎明。

宫殿前依然没有动静，寂然无声。池水安静地躺着。荫翳还留在林边的大道。我前行，惊醒那温馨而生动的气息，宝石般的花朵睁眼凝望，黑夜的轻翼悄然翔起。

幽径清新而朦胧。第一相遇：一朵鲜花向我道出了芳名。

我笑向那金黄色高悬的瀑布，她散发飘逸，飞越了松林：在那银白色的峰巅，我认出了她——女神。

于是，我撩开她一层又一层的面纱。林中的小径上，我舒展着臂膀。平原上，我把她告示给雄鸡。都市里，她逃匿大钟楼和穹隆之间。像乞丐奔波在大理石的站台，我奔跑着，把她一路追寻。

大路上空，桂树林旁，我用她聚集的绡纱把她轻轻地围裹，我感觉到了一些她那无比丰满的玉体。黎明和孩子一起倒身在幽林之下。

醒来，已是正午。

从一级金色的阶梯上——在丝带和青烟的缭绕中，在碧绿的天鹅绒和阳光下青铜般幽光闪闪的晶莹的水面之间——我看到了，在一块由金银、眼睛、香发精心织成的绿茵上，万花吐蕊，争奇斗艳。

一片片黄金嵌在玛瑙上，桃花心木的圆柱稳稳地高擎着一顶翡翠绿的穹隆。白缎的花束，红宝石的纤细的嫩茎簇拥着水的玫瑰。

海与天，宛若睁着蓝眼，化作白雪之形的上帝把簇簇鲜嫩的玫瑰吸引到这大理石般的水面。

法托纳的瀑布

[法国]洛蒂

皮奈尔·洛蒂（1850—1923），法国作家。代表作有小说《一个骑兵的故事》《洛蒂的婚姻》等。

我们继续我们的旅行，通过林水葱茏和多荫的小道深入山谷。这是一条夹在悬崖峭壁之间的、在原始森林中的真正的小路。

走了一个小时，我们听到附近瀑布发出的沉闷而强大的声响。我们走到阴暗的峡谷的底部。法托纳的溪流在那里像一大捆银白色的麦子，从三百米高的地方陡然下落，坠入山下的空隙中。

深渊的底部的确是个美妙的去处。

奇树异草在阴影中交错混杂，湿淋淋的，浸泡在一场永不停止的滂沱大雨中。它们沿着黑色的悬崖峭壁，牢牢地攀附着藤类、乔木状蕨类、苔藓和美丽的细柄藤。瀑布直泻而下，坠落成碎片和粉末，那声势就像一场倾盆大雨，就像一大群头发乱蓬蓬的狂怒的人。

接着，它又在岩石裸露的水池里汇集起来，翻腾不已。它花了好多个世纪挖掘、磨光这些水池，然后形成河流，在草木苍翠的森林里，继续走它的路。

粉尘一样的水滴，像面纱那样散落在这整个自然界的上空，在上面，露出了天空和一半消失在阴暗的云雾里的大、小山头。天空好像是从井底看到的一样。

特别令人感到惊奇的，是在这僻静之处的那种永恒的喧嚣和骚动。这里有巨大的声响，仍是却没有任何有生命的物体。这里只有无数世纪之前就存在着的那种没有活力的物质，它们一直遵循着世界混沌初开时的自然规律。

我们取道左边山羊走的小路。这条羊肠小道蜿蜒曲折地上升。我们在密密层层的形成拱顶的叶丛下行走。一棵棵百年老树在我们周围竖直它们湿漉漉的、苍翠的、像粗大的大理石石柱那样光滑的树干。藤萝到处盘卷。乔木蕨类植物撑开宽阔的阳伞。这些植物长着锯齿，酷似精致的花边。我们继续向上走，发现蔷薇灌木丛和一堆堆杂乱的开花的蔷薇。各种各样的，彼此之间小有差别的孟加拉蔷薇繁花满枝，千姿百态，盛开在山间。在地面的苔藓上，铺着一张张用欧洲草莓织成的芬芳的地毯。这真像一个令人心醉的神迷的花园……

沿路最使我入迷的，始终是那些蕨类植物。它们展开宽大的、有大量齿形边缘的、鲜艳无比的树叶。

我们整天继续攀登，走向小路不再延伸出去的荒凉地区。在我们前面，不时展现出深谷和参差不齐的黑色裂口。空气越来越清新。我们看到大朵大朵轮廓鲜明突出的云。它们有的似乎在我们头上，有的似乎在我们脚下，倚着小山沉睡。

夜莺之歌

[意大利]邓南遮

加百列·邓南遮（1863—1938），意大利著名诗人、小说家、剧作家。诗集《新歌》《阿尔奇奥内》确立了他在意大利诗歌界的重要地位。

夜莺在歌唱。起初，歌声散发着悦耳的喜气洋洋的欢欣，犹如珍珠跌落玻璃琴键，在空气中弹出柔和的颤音。随后，一片沉寂。一声婉转的啼鸣升将起来，极其轻盈，摇曳不绝，仿佛是为了展示力量，表明勇气，为了向一名陌生的对手发出挑战。又是一片沉寂。这三种音调的旋律，渗透着一种捉摸不定的情感，仿佛是由芦苇制作的纤细的长笛或牧童的风笛抒发出的声声轻柔的变奏，五回或六回重复着小小的企求。

第三次沉寂。歌声转化为哀歌，无精打采地展开，犹如一声叹息，显得缓和，犹如一声呻吟，显得软弱，传达了一名孤独的恋人的忧伤，一种凄清的愿望，一种徒然的期待；它发出了一声呼唤，最终的、突然的、尖利的呼唤，犹如一声悲凉的呐喊，然后消失了。

另一次沉寂，愈发抑郁的沉寂。于是听得一种新的声音，它仿佛不是发自那原先的喉管，它显得那么胆怯、谦卑、哀幽，它那么像初生的鸟儿的唧唧叫鸣，像麻雀的声声啁啾；然后，这纯真的乐音，以令人惊奇的反复变化，渐渐化为愈来愈急促的音符，它们在颤动的歌声的飞翔中闪烁，在清晰曼妙的歌吟中振荡，在无比大胆的回环中奔突，忽儿跌落，忽儿拔高，径直上升到高音之部。

歌者显然陶醉于自己的歌声。沉寂是如此的短暂，各种音符因而几乎未曾消失。歌者更把自己的陶醉倾注于充溢着激情和温柔、低回和嘹亮、轻俏和沉重的始终多姿多彩的旋律；这旋律时而被纤弱的呻吟或悲戚的恳求，奔放的冲动或高音的召唤所打断。

花园仿佛也在洗耳恭听，天穹也向忧伤的树木俯下身子，而那位隐身的诗人，正从树的枝头，煽动诗的波浪。簇簇鲜花深深地、静悄悄地呼吸。西方地平线上凝聚着某种昏黄的光团；白昼的最后的回眸是忧伤的，几乎是凄切的。不过，一颗星星已然升起，那么鲜亮，颤悠悠，犹如一滴灿烂的露珠。

观　风

[英国]罗杰·阿斯克姆

罗杰·阿斯克姆（1515—1568），英国人文主义者、学者。有《神射手》《书札》等散文作品。

观风，一个人要用眼睛来看，那是不可能的，因为风的属性如此虚无而又缥缈；不过有一回我却得到这种亲身体验，那是四年前大雪飘落的时分。我骑马经过洼地上段通向市镇桥的大路，这条路过去是徒步旅行的人走出来的。两旁的田野一望无际，积雪盈尺；前一天夜间凝结起薄薄的霜冻，所以地面的积雪变硬结冰了。早晨阳光普照，灿烂明媚，朔风在空中呼啸，一年到了这个季候，已是凛冽侵骨了。马蹄阵阵踏过，大路上的积雪就松散开来，于是风吹雪飘，席卷而起，一片片滑落在田野里，彻夜霜寒地冻，田野也变硬结冰了，因此那一天风雪飞舞，我才有可能把风的属性看得清清楚楚。而且我怀着十分喜悦快乐的心情把它铭记在心，如今我更是记忆犹新。时而风吹过去不到咫尺之遥，极目远眺，可以看见风吹雪花所到之处；时而雪花一次就飘过半边田野。有时雪花柔缓泻落，不一会儿便会激扬飘舞，令人目不暇接。而此时的情景我也有所感知，风过如缕，而非弥漫天地。原来我竟看到离我二十来步的一股寒风迎面袭来，然后相距四十来步的雪花没有动静。但是，地面积雪越来越多之后，又有一缕雪花，就在同一时刻，同样地席卷而起，不过疏密相间。一缕雪花静止不动，另一缕则疾飞而过，时而越来越快，时而越来越慢，时而渐渐变大，时而渐渐变小，纵目望去尽入眼帘。飞雪不是劈面而来，而是忽而曲曲弯弯，忽而散漫交错，忽而团团旋转。有时积雪吹向空中，地面一无所遗，不过片刻又会笼盖大地，仿佛根本没有起风一般，旋即雪花又会飘扬飞舞。

令人叹为观止的是，两股飘然而来的雪花一起飞扬，一股由西向东，一股北来东去。借着飘雪，我看见两股风流，交叉重叠，就像是在两条大路上似的。再一次，我竟听见空气中风声吹过，地面一切毫无动静。当我骑到万籁俱寂之处，离我相隔不远的地方积雪竟是无比奇妙地向风披靡。这番体验使我更为赞叹风的属性，而不只是使我对风的知识有所了解；不过我也由此懂得了风中的人们打猎时失去距离不足为奇，因为风向变幻不定，视线便转向四面八方。

尼加拉瓜大瀑布

[英国]狄更斯

狄更斯（1812—1870），英国作家，代表作有《双城记》《匹克威克列传》《当贝父子》《荒凉山庄》《艰难时世》《远大前程》与《大卫·科波菲尔》等。

那一天的天气寒冷潮湿，着实苦人；凄雾浓重，几欲成滴，树木在这个北国里还都枝条赤裸，完全冬意。不论多会儿，只要车一停下来，我就侧耳静听，看是否能听到瀑布的吼声，同时还不断地往我认为一定是瀑布所在那方面死乞白赖地看；我所以知道瀑布就在那一方面，因为我看见河水滚滚朝着那儿流去；每一分钟都盼望会有飞溅的浪花出现。恰恰在我们停车以前几分钟内，我看见了两片嵯峨的白云，从地心深处巍巍而出，冉冉而上。当时所见，仅止于此。后来我们到底下了车了，于是我才头一回听到洪流的砰訇，同时觉得大地都在我脚下颤动。

崖岸陡峭，又因为有刚刚下过的雨和化了一半的冰，地上滑溜溜的，所以我自己也不知道我是怎么下去的，不过我却一会儿就站在山根那儿，同两个英国军官（他们也正走过那儿，现在和我到了一块）攀登到一片嶙峋的乱石上了。那时澎渤大作，震耳欲聋，玉花飞溅，蒙目如眯，我全身儒湿，衣履俱透。原来我们正站在美国瀑布的下面。我只能看见巨浸滔天，劈空而下，但是对于这片巨浸的形状和地位，却毫无概念，只渺渺茫茫，感到泉飞水立，浩瀚汪洋而已。

我们坐在小渡船上，从紧在这两个大瀑布前面那条汹涌奔腾的河里过的时候，我才开始感到是怎么回事，不过我却有些目眩心摇，因而领会不到这副光景到底有多博大。一直到我来到平顶岩上看去的时候——哎呀天哪，那样一片飞立倒悬的晶莹碧波！——它的巍巍凛凛，浩瀚峻伟，才在我眼前整个呈现。

于是我感到，我站的地方和造物者多么近了，那时候，那副宏伟的景象，一时之间所给我的印象，同时也就是永永无尽所给我的印象——一瞬的感觉，而又是永久的感觉——是一片和平之感：是心的宁静，是灵的恬适，是对于死者淡泊安详的回忆，是对于永久的安息和永久的幸福恢廓的展望，不掺杂一丁点暗淡之情，不掺杂一丁点恐怖之心。尼亚加拉一下就在我心里留下深刻的印象——留下了一副美丽的形象，这副形象一直永世不尽留在我的心头，永远不改变，永远不磨灭，一直到我的心房停止了搏动的时候。

我们在那个神工鬼斧、天魔帝力所创造出来的地方上待了十天，在那永久令人不忘的十天里，日常生活中的龃龉和烦恼，如何离我而去，越去越远啊！巨浸的砰訇对于我如何振聋发聩啊！绝迹于尘世之上而却出现于晶莹垂波之中的，是何等的面目啊！在变幻无常、横亘半空的灿烂虹霓四围上下，天使的泪如何玉圆珠明，异彩缤纷，纷飞乱洒，纵翻横出啊！在这种眼泪里，天心帝意，又如何透露而出啊！

我一起始，就跑到了加拿大那一边儿，在那十天里就一直在那儿没动。我从来没再过过河，因为我知道，河那边也有人，而在这种地方，当然不能和不相干的闲杂人掺和。整天往来徘徊，从一切角度，来看这个垂瀑；站在马蹄铁大瀑布的边缘上，看着奔腾的水，在快到崖头的时候，力充劲足，然而却又好像在驰下崖头、投入深渊之前，先停顿一下似的；从河面上往上看巨涛下涌；攀上邻岭，从树梢间瞭望，看激湍盘旋而前，翻下万丈悬崖；站在下游三英里的巨石森岩下面，看着河水，波涌涡漩，砰訇应答，表面上看不出来它所以这样的原因，实在在河水深处，却受到巨瀑奔腾的骚扰；永远有尼亚加拉当前，看它受日光的蒸腾，受月华的逗逗，夕阳西下中一片红，暮色苍茫中一片灰；白天整天眼里看它，夜里枕上醒来耳里听它；这样的福就够我享受的了。

我现在每天平静之时都要想：那片浩瀚汹涌的水，仍旧尽日横冲直滚，飞悬倒洒，砰訇瀰渤，雷鸣山崩；那些虹霓仍旧在它下面一百英尺的空中弯亘横跨。太阳照在它上面的时候，它仍旧像玉液金波，晶莹明澈。天色暗淡的时候，它仍旧像玉霰琼雪，纷纷飞洒；像轻屑细末，从白垩质的悬崖峭壁上阵阵剥落；像如絮如棉的浓烟，从山腹幽岫里蒸腾喷涌。但是这个滔天的巨浸，在它要往下流去的时候，永远老像要先死去一番似的，从它那深不可测、以水为国的坟里，永远有浪花和迷雾的鬼魂，其大无物可与伦比，其强永远不受降伏，在宇宙还是一片混沌，黑暗还复掩渊面的时候，在匝地的巨浸——水——以前，另一个漫天的巨浸——光——还没经上帝吩咐而一下弥漫宇宙的时候，就在这儿森然庄严地呈异显灵。

夏日芬芳

[英国]杰弗理

理查德·杰弗理（1848—1887），英国小说家、散文家。主要作品有《绿色的费尔农场》《我内心的故事》《清新的早晨》《菲尔德家的生活》等。

我踏着芳馥的浅草向上走去。而随着每一步的攀登，我的心境的感受范围似乎也更加宽阔；随着每一口清醇气息的吸入，一个更加深沉的渴望正在不觉萌生。甚至连这里太阳的光线也更加炽烈而妍丽。待到我登上山顶，我早已把我的卑微处境与生活苦恼忘个干净。我感到我自己已经一切正常。山顶有堑壕一道，行至其地，我沿沟缓缓而行，稍事歇息。沟的西南边上，一处坡面坍陷，形成裂口。这里下临一带广阔沃野，其中盛植小麦，景色颇佳，周围青山环抱，宛如一古罗马圆形剧场。山间有通路隘口之举一道，折向山南，天际远处则为白云锁闭，不可复见。各处村屯农舍多为林木荫蔽，故此地堪称绝幽。

我这里的确幽静异常，唯与阳光与大地为伍。我躺在草上，开始从灵魂深处与大地、阳光、空气以及那渺不可见的远海慢慢絮语。我想到大地的坚实——我甚至觉得它将我载负而起；并从身下如茵的绿褥那里传来一种异样的感觉，仿佛大地正在和我交语。我想到那流荡的空气——以及它的纯净，这正是它的美的所在：它抚摸着我，并把它自身的一部分也给了我。我又与大海谈话；——虽然它离我很远，在我的想象之中我仍然看到了它缘岸近处的苍翠与远洋深处的蔚蓝；——我渴望获得它的力量、秘密与光荣。然后我又与太阳对语，渴望从它的辉煌与灿烂中，从它的坚忍不拔与不知疲倦的驰驱中，找到那和灵魂相仿佛的东西。我抬起头来仰对着顶上的蓝天，凝视着它的深邃，吸吮着它的绝妙的色泽和芳馥。天上的那些采撷不到的花里的浓郁蔚蓝把我的灵魂也吸引了去，使它在那里得到安息；因为纯净的色调能给灵魂带来静谧。凭着这一切我祈祷了：我的灵魂体验到了一种完全不可言诠的感情；相形之下，祈祷反而显得微不足道，至于语言更是这种感情的一个粗糙的标记，只可惜我除此再没有别的办法了。凭着碧蓝的天空，凭着那光透幽径的滚滚炎阳，一个新的缥缈的"以太"海洋正在一天天地展开在我的面前。凭着那环抱宇宙周流八垠的爽气清氛；凭着那喧嚣在岸边的大海——近处雪浪翻舞的碧海与远洋的深海；凭着载负着我的坚实的大地；再凭着芳馥的茴香，它们的小花我常抚摸；凭着芊芊芳草；凭着那经手一搓便顺指滑落的粉松白垩，我祈祷了。我搓搓土块、草叶与茴香，吸吸周流寰宇的新鲜空气，想想大海与苍天，伸伸手臂来让阳光爱抚一番，并俯首在草上以示虔敬——我正是这样来祈祷的，这时我衷心盼望这样或许能接触到那个更较上帝为高的不可言说的世界。

尽管使我心神激越的许多感情那么浓烈，尽管我与大地、阳光、天空、星斗与海洋的一番歆合那么亲切——这种感情动人心魄的深切是任你怎么来写也写不出来的。我正是凭着这些来祈祷的，仿佛它们竟是一些乐器，一些键盘，通过它们而把我灵魂中的乐调嘹亮奏出，它们增大了我歌声的音量。那光华耀目的伟大太阳，茁壮而亲切的大地，和暖的晴空与澄鲜的空气，以及对大海的思慕——这一切无可言喻的美简直给我带来一种至乐与狂喜，一种飘飘然的感觉……

　　夏天的时候我常到田野里去。背靠着橡树庞大的躯干，这时身后粗糙的树皮与地衣隐隐可觉；我便在往下面绿色田野（靠近山坡林木处几作橙黄色）俯视的同时，开始思索我要进一步追求的灵魂生活。或者，坐卧在翠绿的冷杉之下昂首张望，看到天顶处的颜色更加湛蓝；这里羊齿遍地，野鸽咕咕，林木动处，槐树上的茸茸新叶清晰可辨。不论在躯干修直饱满的榆木荫下，还是在山楂矮木与榛树之旁，我自己都充满着一种追逐灵魂的本性的深刻渴求；希望从这一切绿色事物和从阳光之中获致那种连它们自己也完全懵懂的内在意义——以便我自己也能盛满光泽，恍如阳光下的林木那样。甚至连过路时稍稍摸摸树上长满地衣的皱皮和触角伸向路边的一个枝梢，也都仿佛具有代我自身祈祷的效验。

　　漫长的夏日天气把草地晒得暖洋洋的。我总是偃卧在比较偏僻的角落，全身躺直，以接受大地的爱抚。这里丰草高高过身，婆娑的树影戏舞在我的面颊之上。我时而眯缝着眼望望天空，禁不住那晃眼的阳光。蜜蜂常常从我头上嗡嗡而过，有时也飞过一只蝴蝶，空中则是一片营营，翠绿的莺鸟在篱边歌唱，当我这样逐渐进入到夏日的炽烈的生活之后——一种在我的周围熊熊燃烧着的生活，这时每片草叶仿佛都是一把火炬——我终于对大地自远古以来的全部漫长生活开始有所体会，而这时太阳正把我照得暖暄暄的。在远哉迢迢的古昔，南国沙碛上的西索斯托里斯便已对他自己与太阳有所认识……我的灵魂渴望能汲取到那曾经流贯于过去时代的灵魂生活，正像阳光曾经不绝地倾注在大地之上那样。另外正如流沙能够吸收热量，同样我能获致那种灵魂的精力。虽然表面如梦一般，我却尽情地吮吸着生命的气息；我对草叶、野花、山楂与树上的绿叶并未忘怀。我似乎恰恰是通过它来生活，仿佛它们一个个尽是我吸吮汁液的孔道。这时蚱蜢正在鸣叫跳跃，绿莺在歌唱、画眉在欢快鸣啭，整个空中生意盎然。此时我也被深深地投进生命之中，并与那全部生命一道祈祷着。

大 海

[挪威]基兰

> 基兰（1833—1908），挪威作家。善于描写粗犷的自然和冷峻的性格。代表作有《深渊》《终身奴隶》。

世界上，最宏大的是海，最有耐心的也是海。海，像一只驯良的大象，把地球上微不足道的人驮在宽阔的背上，而浩瀚渊深的、绿绿苍苍的海水，却在吞噬大地上的一切灾难。如果说海是狡诈的，那可不正确，因为它从来不许诺什么。它那颗巨大的心，——在苦难深重的世界上，这是唯一健康的心，——既没有什么奢望，也没有任何留恋，总在平静而自由地跳动。

人们在海浪上航行的时候，大海唱着它那古老的歌儿。许多人根本不懂得这些歌儿，不过，对于听到这种歌声的人来说，感觉是各不相同的，因为大海对每一个迎面相逢的人，用的是各种特殊的语言。

对于正在捕捉螃蟹的赤足孩子，绿波闪闪的大海露出一副笑脸；在轮船前面，大海涌起蓝色的狂涛，把清凉的、咸味的飞沫抛上甲板；在海岸边，浓浊的灰色的巨浪碰得粉碎；人们困乏的眼睛久久地望着岸旁灰白色的碎浪时，长条的浪花却像灿烂的彩虹，正在冲刷平坦的沙滩。在惊涛拍岸的隆隆声中，有一种神秘的意味，每一个人都想着自己的心事，肯定地点一点头，似乎认为海是他的朋友——这位朋友什么都知道，什么都记得。

然而谁也不明白，对于海边的居民来说，海究竟是什么，——他们从来没有谈到过这一点，尽管在海的面前过了一辈子。海既是他们的人类社会，也是他们的顾问；海既是他们的朋友，又是他们的敌人；海既是他们的劳动场所，又是他们的坟墓。因此，他们都是沉默寡言的。海的态度起了变化，他们的神色也跟着变化，——时而平静，时而惊慌，时而执拗。

可是，让这样一个海滨居民迁到山里或者异常美妙的峡谷里，给他最好的食物和十分柔软的卧铺——他是不肯尝这种食物，也不愿睡在这卧铺的。他会不由自主地从一座山岗攀上另一座山岗，直到很远很远的地平线上露出一种熟悉的、蓝色的东西。那时候，他的心会愉快地跳动起来，他会盯住远处一条亮闪闪的蓝色带子，直到这条带子扩大成为碧蓝的海面。

但是，他一句话也不说……

落　日

[瑞典]古纳尔

本格特·古纳尔（1907－1968），瑞典诗人、文艺批评家。他的作品抒情形象复杂，具有浓厚的神秘色彩，主要有《夜临大地》《渡歌》《诗歌三部曲》等。

我站在山顶上，向内陆眺望。我的脚下，树顶着被暮色重压的树冠做梦。森林中的空地荒凉地躺着。看不见任何有生命的东西：通往这里的路并不存在。那些并不怕人的月光下的森林动物，都会在下面的森林里出现、消失……远处传来一声凄凉的狗叫声和远方鹿角的互相撞击声……是太阳在沉落……

我四周的夜充满了幻景。天空在燃烧。我愿在这里久留，遥望那些我曾漫游过的蓝色的森林，从而忘记自己是谁。

我转向大海，看着太阳把我抛弃给暮色。如同藏在紫金色沙漠中的一

47

颗金黄的谷粒，太阳在狭长、金黄的云堆中微微闪烁。我似乎听见一阵无边的音乐缓缓飘过，对于我一切都变得苦涩。目标依旧是那么遥远。

我呆板地慢慢向山走去，露珠已经飘洒在森林的空地上，在蜘蛛网上闪烁。当我走到树底下时，我的额头、眼睛和嘴被蜘蛛网粘住。人好像在睡梦中一般。树也着了魔，古怪的果子悄悄吊在树枝上，那些窥探我的眼睛，那些听见我到来的耳朵……

此刻，即使每一块石子都有着一种意义，恐惧在每一棵灌木中准备腾跃，但对我又有什么关系呢？所有衰老都将很快消失，被没收的欢乐，夭折的沉醉，没有意义的恐惧也不例外。当我准备忘掉一切并获得新生的时候，将有另一种不安变成我的不安——另一种安宁变成我的安宁：海和没有草木的地带。

那里，在森林边，大海在梦中朦胧地运动，如同人们用灯去照沉睡者的脸……

是星星一颗颗的点燃……

夜

[瑞士]瓦尔泽

瓦尔泽（1876—1956），瑞士德语作家。著有小说《弗里茨·科赫的作文》《丹纳兄妹》，散文《玫瑰》，诗歌《诗歌集》《短诗集》等。

昨夜，风是如此柔和，如此轻软。再没有小猫能像昨夜那般温存小心地偎依。一位妈妈就这样甜甜地亲热地爱抚她天真无邪的爱子。我踏着熟悉的陡峭的小径上山，一路景色怕人，万籁俱静，树木纤细的枝桠与黑黝黝的形体耸入静悄悄的银灰的夜空。一般发出悦耳旋律的涓涓流淌的清泉，跳过各色各样的岩石，顺着山路潺潺地流入山下的森林。森林是一个童话，我走在其间，仿佛童话世界的漫游者。无边的安谧与宁静，虽然见不到月亮。夜是无月的夜。但是星星却如和善的眼睛时时穿透森林，望穿仙境似的黑夜，为了赋予它以可人的灵性。悄悄地欢娱的思想跟我走过森林，四周漫布的魔力随着时间伴着我的足音增长，一切都像中了魔。山脉犹如一个睡了有千百岁的巨大的乖孩子。夜如妇人温柔无比的双臂，越来越紧地将我拥抱。走近一片无树的空地，便望见山下柔和奇妙的平地上城市隐约的屋宇和无数的灯光。这众多的灯火，优美地洒布在平原上，恰似浮游在安逸、天真和正直的海洋之中。我伫立片刻，深谷与高山仿佛在微笑，在嬉戏，在倾诉着爱的絮语。然后，我举步前行，钻出树林，不久来到一处孤寂的农舍，大树遮蔽着它的屋顶，门前井中水声汩汩。夜的寂静，空气的安谧。幽暗可爱的空间的宁静。还有潺潺的井水，孤独高贵的农舍，充满古朴真诚和正直的森林，农舍离得这样近，森林的边缘这样温暖，森林之中洋溢着皇族的高贵，这一切的一切令我止步，令我深思：我好像置身在高雅、温柔、广袤的王国。淡淡的红色染亮两扇窗。路上没有人。我独自站在这美丽的夜色中，站在美丽的黑暗之间。

春到海堤

[德国]台奥多尔·施托姆

台奥多尔·施托姆（1817—1888），德国小说家和诗人。代表作有《茵梦湖》《骑白马的人》等。

我们的海岸边以前曾长着好多高大的橡树林，树木茂密，一只小松鼠可以从一根树枝跳到另一根树枝，连续几里地不着地面。传说当婚礼行列穿过树林时，新娘必须摘下头上的凤冠，可见枝丫垂得多么低了。盛夏，这高高的树木构成的大教堂终日蔽阴凉爽。那时还有野猪和猞猁在林中穿行。在那雄鹰目力可及的高处，阳光的大海在树梢上汹涌澎湃。

但这些树林早已被伐光了，只有人们偶尔从黑色的泥沼中或从浅滩的淤泥中挖出个把石化了的树根，它会让我们后人神思那一片树冠在与西北方向来的暴风激烈搏斗，发出惊心动魄的喧嚣。而我们今天站在海堤上，望着一片无树的平原，犹如望着永恒。当那位哈利希岛的女居民第一次从她的小岛来到这里时，她的话说得多么正确啊："我的上帝，这个世界这么大；它要一直连着荷兰了！"

海堤上的风多么令人神清气爽！家乡是我魂之所系；在什么地方又能像这儿一样尽情享受星期天的早晨呢！

在下面那新开发的沼泽地中，第一阵温暖的春雨已将无边无垠的草地染绿；散布着的数不清的牛在吃草，连接着一个个"沼潭"的水沟宛如银色的带子在早晨的阳光下闪烁。吼叫声和撞击声在辽阔的原野深处飘荡，此起彼伏，此呼彼应，相偕成趣。而耕牛的那些长翅膀的朋友们——椋鸟——是多么活跃！喧闹的鸟群从低地升起，在我的面前掠过来掠过去，然后密密麻麻地落在堤顶，稍顷，便灵巧地啄食着，顺堤坡而下，向海边漫步而去。

然而，沿着下边那从城市流来、向大海注入的河流边，新的谷草编成的网闪闪发光，令人神往，这是为了阻挡海潮的啃啮而铺设的——河水雍容大方地流过这洁净的地毯——时值清晨，青春时代梦幻般的感觉再度征服了我，仿佛这个日子将给我带来难以言传的妩媚；每个人都有在心底欢迎幸福幽灵光临之时。

四季的情趣

[日本]宫城道雄

宫城道雄（1894—1956），日本作曲家、筝演奏家。曾发明十七弦短筝、八十弦筝及大胡弓琴，并对筝的传统演奏手法进行革新。主要作品有《戏水》《春之海》等。

一位远走南洋的熟人，阔别十年之后突然来访。他说："我常回日本，不过总是在夏天回来，没赶上过日本的冬天。这次回来幸好是冬天，很想好好领略一下日本冬天的风味。"而我拥有四季，并不感到对生活的厌倦。

首先，春天到来，熏风吹拂，浑身酥暖。每年一到春天，便有一只小鸟飞到我的住处来，明年还会以同样的声音鸣叫，来的时间也似乎相同。这样相遇三年，从声音的高低和音色来判断，是同一只鸟无疑。我根据这印象谱写出《春来到》一曲。心想，连鸟儿也每年过着同样的生活呀！

春天的早晨，它似乎在告诉人们要抓紧工作，令人内心充满希望。当朝晖射进自己的窗户时，就感到该做点什么工作了。

春天的中午过后，如果是风和日丽，闲适静谧的日子，当感到和煦的日光爬上自己的面颊时，便传来省线电车驶过的声音。这一切使人感到悠闲自在。连听到院内鸟儿振翅起飞或高声鸣叫，都令人陶醉。

周围一丝风也没有，好像陡然忆起似的刮来一阵微风，庭园中的树叶和矮竹子叶摇曳不定，给人以舒畅之感。自古以来，每当月夜，人们往往思念故乡旧友以及遥远的往事。春闲之夜，来到昏沉欲睡的廊檐边，心头不禁涌现许多往事。

外面传来赏花的人们熙熙攘攘的声音时，而我独自蛰居家中潜心学习也是桩乐事。春夜外出散步更让人心旷神怡，我虽不能亲眼看见朦胧的月光，但我的身子却感到了这一点。这样的夜晚也常想起往事。

春雨连绵之日，听着各种雨声作曲时，心神集中，完成得好，尤其在夜间，睡卧在被窝里，倾听着院中落雨声是很有趣的。这时心中意识到春雨在敲打着刚刚发芽抽叶的树木。

雨天外出，一边听着雨落在雨伞上的声响，一边朝前走，怡然自得。这时，穿鞋的足音，不如穿高木屐的声音悦耳。

由春入夏，雨前或气候突变时，不知怎的，市内电车和汽车声，在我听来宛如海啸。

夏天，大清早起虽也心情爽快，但究竟不如夜晚更好。蚊烟香的气味，扇团扇的声音，都让人喜爱。一到夏天，也许因为门窗敞开的关系，近邻变得更近，各种声响传进我的耳中，夏夜吹横笛的声音最为美妙，被蚊子咬虽可厌，可是两三个蚊子一起飞来，发出的嗡嗡声宛如筚篥，也叫人难舍。同时，静听着电风扇的哼叫声，仿佛远海落日，波浪起伏的声音。这时，就像孤独一人被抛弃在那里，一种莫名的寂寞、悲凉之感油然而生。所以我时常默默地倾听电扇的声音。

夏天，我也不太愿意去避暑。因为出门在外，不如在家方便。怕麻烦别人，所以我尽量不去。虽说如此，近两三年来，却也时而出去一游。从去年起，夏天到叶山的家去住。盛夏，海岸喧闹异常。我住的地方背后便是山，下面连着海，房子正好位于半山腰。大海的喧闹对我的影响倒不大。因为身在山坡之上，可以尽情享受山间风趣。

早晨，群鸟争鸣。我去到房后，侧耳聆听这鸟鸣之声。有的长鸣，有的声声短啼，有的宛似人类嘲笑别人时的笑声，而有的声音低而悠长，犹如在召唤别人。根据这些个观察，我心里常想，鸟类的世界里也有语言。刚才还成群结队猬集此处的鸟群，不久之后，好像全飞走了，周围一片寂静。到某个时间，它们又都回到原来的地方来了。

在山上，茅蜩这种蝉叫得很起劲。原以为它傍晚才叫，它却从早起就叫。当然它最喜欢在黄昏时叫，我不知道山上太阳偏移的情况，但在白昼也常听到它叫。茅蜩的叫声，照我的观察，声音高低只有两类，是固定不移的。这就是以相差半个音来鸣叫。用日本高调来说，一个以do音在叫，一个以xi音在叫。在哪儿听也是如此。在街里，只听一只叫固然也不错，以半音之差，百蝉齐鸣，其妙趣简直无法形容。听着听着，似乎被吸进了奇妙的音的世界。

躺在被窝里静听海滨机帆船起航出海，也是种乐趣。船渐渐离岸远去，以为船声大概听不见了，不料却还能听得见。自己的心仿佛也随船远去。我认为海滨的夏天同样是很好玩的。

盛夏时节，开始叫的是梨蜩，螗蝉和茅蜩一到寒蝉叫起，便知秋天临近了。

我儿时时常看到的是，一到初秋，空中打闪。听祖母说，这是稻谷丰收的预兆。其实，我就是从这闪电中体察到初秋的气氛的。闪季的情趣我曾记下这样一点，一到立秋，奇怪的是，蟋蟀等似乎固定在同一时刻开始叫。在立秋这天前后，秋虫便陆续开始唧唧鸣叫。而且我经常最早听到的秋虫声是蟋蟀的叫声，其次是变色音蛋的叫声。有趣的是最初只有一只，顶多两只左右在叫，日子一长，叫的虫就多了起来。

一进入初秋，不知不觉地风也变了。八月过半，便感到空气澄澈，头脑清晰。我的曲子，一年当中，完成于秋天的最多。我总是吊起金属的风铃来，喜欢听风吹铃的响声。秋风吹得铃响，声音虽无变化，也让人感到莫名的寂寞，好像它与从前的响声不同。风力恰到好处时，铃声悲凉而清晰；狂风大作时，挂着的长纸条皱皱巴巴发不出声来，即便有声，也是干巴巴的，让人想到已是晚秋了。还有秋天的阳光，照儿时留下的记忆，似乎带有黄色。

街里举行秋祭时，在大鼓。笛子等祭神的音乐伴奏下，抬着神舆走过的声音，凑近去听倒不如远远地听更有祭祀的情调。我喜欢祭祀的气氛，就我来讲，永远不希望废止这类活动。

到秋天，小鸟等也以和春天不同的声音在叫。老鹰沉静的叫声，给人以悠然之感。而且两只对叫比一只独鸣更有意思。也是听祖母说的，老鹰一叫，三天之内准卜雨，是因为一下雨会冲走它父母的坟墓，所以它发出悲鸣。我至今还认为，一听见老鹰的叫声，不出三天就该下雨了。

秋夜，虽整夜聆听秋虫的声音，我也不感到厌倦。草云雀等不间歇地拉长声叫个不停。用短促的断音叫的是变色吟蜇，保持准确的拍节来叫的是蟋蟀。油葫芦的样子听说挺严肃，而声音其实比草云雀等还要平淡无奇，这倒也颇为有趣。油葫芦的叫声先高后低，我用音调笛子一比，最初是用比xi低半个音的声音叫起，然后变成比la低半个音的了。这声音听起来清亮柔和。

瘤蠢叫时，开始是咻的一声，停一下，然后喓的一声，收住翅膀，那拍节很有趣儿。蝈蝈儿、金琵琶也很有意思。但不论怎么说，人们最珍爱的是金铃子，把它推上秋虫的王座是有道理的，它的叫声高雅，可说最能代表秋声。

听秋虫叫，有趣的是，不管什么虫子，只要是同类的虫子，叫声的高低无大差别是很奇怪的。即使有差别时，顶多不过半音。

谈到虫子，我想起一件事，内田百闲先生有一天下午提着虫笼子来到我家。内田先生对音的世界颇有研究。这天他带来的是草云雀，我说："这草云雀我的院子里有。"第二天，他打发人送来了金琵琶。送来的时候，正赶上我练习弹筝很忙，所以竟不知道什么时候送四季的情趣来的。练筝结束，身子非常累，连话都懒得说，对于唱呀拉呀都感到厌烦，对弟子们也没好气儿。就在这时，金琵琶突然叫了起来。我就像听见了朋友安慰的话语一般，本来浑身累得软瘫瘫的，怎么都不得劲，这时仿佛全身的疲乏霍然消失，顿时身心轻松，非常快活。使我深感到朋友的可贵。那只金琵琶现在还活着，我走过走廊时，常常停下步来，倾听它的叫声。

秋月高悬的夜晚，我虽看不见，但能感觉到它，并且心里立即想象出儿时看见过的月亮。

秋天的落叶声，给人以似凄凉又似怕人之感，颇像梅特林克的《盲人》中的无形的东西，躺在被窝里听，这种感觉更加强烈。

秋末，一场晚秋雨过后，虫声也有声无力时，便感到苍凉的冬意袭人。再过一阵子，虫声一下停止，就到枯叶飞舞之时了。初冬，遇上晴和天气，如同小阳春一般。

秋天的食物松蕈上市时，最富于秋意。秋天吃用松蕈做的菜，非常可口。春天吃竹笋，初夏吃鲣鱼，实际上，人们往往因食物而忆起季节来。也会联想起往事。有个故事说：有个穷木匠，人们不敢随便给他小豆饭吃，如果在平常干活儿的日子给他小豆饭吃，他便撂下活计不定跑到什么地方去玩。这是因为祭祀之日一定吃小豆饭，他把这事牢记在心的缘故。到了冬天，我便想起儿时看见过的青橘子，因为是刚摘下来的，皮硬，一摸疙疙瘩瘩的，同时气味也最强烈。这些，使我意识到初冬的来临。

入冬，把一直敞开着的拉门关闭起来，面向长火盆一坐，产生一种安适感。

冬夜，围着火盆，家人闲话；或跟彼此不客气的来客无休止地闲聊，不觉就是深夜，这也另有一番情趣。

吃食里，一家团圆吃肉素烧是件乐事。近来汽车多了，已享受不到了。从前我常送艺上门，夜间坐人力车回家，饿着肚子经过饭馆门前，眼睛虽看不见，但也能知道现在正走过什么饭馆的门前。不坐车步行时，各种饭菜的香味，更易钻进鼻孔。闻着鸡素烧的香味、西餐馆的气味，还有鳝鱼馆子的味儿，忍受着寒风吹扑面颊和脖颈，又冷又饿又累，不禁胸中涌起快些到家安享家庭温暖的念头。这时，回家便是个乐趣。

话头有些岔开了，我在汉城时，一个寒冷的黄昏，从北汉山刮来刺骨的寒风。我暖乎乎地坐在车上。那时父亲在釜山的衙门里做事，薪俸微薄。我忽然想到父亲现在干什么呢？想到父亲的处境，遂给他寄去了钱。这不算孝敬父母，只不过是在天寒时才想起来的。还有，听见枯树的声响，便会想起朋友及其他许许多多的事。

我一到冬天，因惧怕寒冷，便懒散地躺在被窝里用四季的情趣功。这也不用点灯，仰面而卧，用手摸着放在肚皮上的盲文书，或使用点字的工具书写。越到寒冷的深夜，越能沉下心去。一边听着拉门咔嗒咔嗒作响，一边作曲，格外舒畅。即便熬个通宵，也决不感到劳累，而且用脑子，不久身子也会热起来的。不作曲时，照这样子读书，也能安下心去，字句容易印入脑海。这是盲人所独有的世界，那乐趣是好眼睛的人想象不到的。我常在自己的头脑中进行合奏，想象着音的世界，很有意思。

某精神病科的博士给我讲过这样的事，即有所谓内声，如心里想着神谕之类时，就能听到那声音。当我们想象着某种音乐时，照样也能听见那音乐。当然它与精神病科所说的神谕不同，但却很相似。

我在四季当中，对冬雨不太喜欢。雪对谁来说都是好东西。大体上雪是不声不响的。但下大了时，也能接连不断听到细小的声响。雪打在树叶上的声音和雨不同，非常有趣。还有不是雪，而是霰敲打发硬的树叶，发出的声响也很有趣。

下雪的早晨，在寂静无声中积下厚厚的雪，听着行人从雪上走过的声音，宛如听船上在摇橹。我在雪天喜欢到外面去走走。雪花敲打着雨伞，和雨点不同，让人心情愉快。走着走着，发现个子在变高，还有人闪到路旁去，敲打塞进木屐齿里的雪，极富于冬天的情趣。

雪后放晴，朝阳一照，雪开始融化，水滴落下发出各种声响。有的地方融化滴落得非常快，还有的地方竟以三连音滴落，而慢慢滴落的似乎是因为惧怕什么。我想象着在山里发生大雪崩时该是什么样子，于是想起波涛发出的哗哗声。树枝等也有沉甸甸地折落的时候。由于天气寒冷，白天化不尽，到了半夜，出乎意料，雪吧嗒一声落地，吓人一跳。

我一到冬天，最怕北风。凛冽的北风刮来，我的心情沉郁，身上也不得劲。在这样的日子，偏巧碰上有重要的演奏，便常因产生不出兴头而感为难。

还有，冬天邻近的山丘一下雪，我的住处即便不下，凭身上的冷感也能觉察到附近在下雪。妻子常常嘲弄我说："一到冬天，不定什么地方在下雪呀！"其实下没下我都知道。

我最喜欢冬天刮南风。这种时候，心绪好，身子也舒展。总之，细细体味四季的气氛，有种用口形容不出的乐趣。

大海日出

[日本]德富芦花

德富芦花（1868—1927），日本作家。1889至1899年发表连载小说《杜宇》而一鸣惊人，享誉日本。代表作有《不如归》《自然与人生》等。

一阵涛声将我从梦中惊醒，随即起身打开房门。此时正是明治二十九年十一月四日清晨，我正在铫子的水明楼之上，楼下就是太平洋。

凌晨四时过后，海上仍然一片昏黑。只有澎湃的涛声。遥望东方，沿水平线露出一带鱼肚白。再上面是湛蓝的天空，挂着一弯金弓般的月亮，光洁清雅，仿佛在镇守东瀛。左首伸出黑黝黝的犬吠岬。岬角尖端灯塔上的旋转灯，在陆海之间不停地划出一轮轮白色的光环。

一会儿，晓风凛冽，掠过青黑色的大海。夜幕从东方次第揭开。微明的晨光，踏着青白的波涛由远而近。海浪拍击着黑色的矶岸，越来越清晰可辨。举目仰望，那晓月不知何时由一弯金弓化为一弯银弓。蒙蒙东天也次第染上了清澄的黄色。银白的浪花和黝黑的波谷在浩渺的大海上明灭。夜梦犹在海上徘徊，而东边的天空已睁开眼睫。太平洋的黑夜就要消逝了。

这时，曙光如鲜花绽放，如水波四散。天空，海面，一派光明，海水渐渐泛白，东方天际越发呈现出黄色。晓月、灯塔自然地黯淡下来，最后再也寻不着了。此时，一队候鸟宛如太阳的使者掠过大海。万顷波涛尽皆企望着东方，发出一种期待的喧闹——无形之声充满四方。

五分钟过去了——十分钟过去了。眼看着东方迸射出金光。忽然，海边浮出了一点猩红，多么迅速，使人无暇想到这是日出。屏息注视，霎时，海神高擎手臂。只见红点出水，渐次化作金线，金梳，金蹄。随后，旋即一摇，摆脱了水面。红日出海，霞光万斛，朝阳喷彩，千里熔金。大洋之上，长蛇飞动，直奔眼底。面前的矶岸顿时卷起两丈多高的金色雪浪。

相模滩落日

[日本]德富芦花

秋冬之风完全停息，傍晚的天空万里无云。伫立遥远伊豆山上的落日，使人难以想到，世上竟还有这么多平和的景象。

落日由衔山到全然沉入地表，需要三分钟。

太阳刚刚西斜时，富士、相豆的一带连山，轻烟迷蒙。太阳即所谓白日，银光灿灿，令人目眩。群山也眯细了眼睛。

太阳越发西斜了。富士和相豆的群山次第变成紫色。

太阳更加西斜了。富士和相豆的群山紫色的肌肤上染了一层金烟。

此时，站在海滨远望，落日流过海面，直达我的足下。海上的船只尽皆放射出金光。逗子滨海一带的山峦、沙滩、人家、松林、行人，还有翻转的竹篓、散落的草屑，无不现出火红的颜色。

在风平浪静的黄昏观看落日，大有守侍圣哲临终之感。庄严至极，平和之至。纵然一个凡夫俗子，也会感到已将身子包裹于灵光之中，肉体消融，只留下灵魂端然伫立于永恒的海滨之上。

有物，幽然浸乎心中，言"喜"则过之，言"哀"则未及。

落日渐沉，接近伊豆山巅。相豆山忽而变成孔雀蓝，唯有富士山头于绛紫中依然闪着金光。

伊豆山已经衔住落日。太阳落一分，浮在海面上的霞光就后退八里。夕阳从容不迫地一寸又一寸，一分又一分，顾盼着行将离别的世界，悠悠然沉落下去。

终于剩下最后一分了。它猛然一沉，变成一弯秀眉，眉又变成线，线又变成点——倏忽化作乌有。

举目仰视，世界没有了太阳。光明消逝，海山苍茫，万物忧戚。

太阳沉没了。忽然，余光上射，万箭齐发。遥望西天，一片金黄。伟人故去皆如是矣。

日落之后，富士山蒙上一层青色。不一会儿，西天的金色化作朱红，继而转为灰白，最后变得青碧一色。再看上空，明星荧荧。它们是太阳的遗孽，看起来仿佛在昭示着明天的日出。

四季的美

[日本]清少纳言

清少纳言，生卒年不详，大致活动于公元1000年前后，日本平安时代杰出的女文学家。代表作有散文集《枕草子》。

春天最美是黎明。东方一点儿一点儿泛着鱼肚色的天空，染上微微的红晕，飘着红紫红紫的彩云。

夏天最美是夜晚。明亮的月色固然美，漆黑漆黑的暗夜，也有无数的萤火虫儿翩翩起舞。即使是蒙蒙细雨的夜晚，也有一两只萤火虫儿，闪着朦胧的微光在飞行，这情景着实迷人。

秋天最美的是黄昏。夕阳映照西山时，感人的是点点归鸦，急急匆匆朝巢里飞去。成群结队的大雁儿，在高空中比翼联飞，更是叫人感动。夕阳西沉，夜幕降临，那风声、虫鸣也叫人心旷神怡。

　　冬天最美是早晨。落雪的早晨当然美，就是在遍地铺满白霜的早晨，在无雪无霜的凛冽的清晨，也要生起熊熊的炭火。手捧着暖和的火盆穿过廊下时，那心情儿和这寒冷的冬晨多么和谐啊！只是到了中午，寒气渐退，火盆里的火炭儿，大多变成了一堆白灰，这未免令人有点扫兴儿。

情感之旅

吻、泪、爱……所有这些都是巨大的虚无，都是充满痛楚的乌有……但是，为了这些徒劳无益的乌有，为了这些无法穿透的虚无，我能够献出我在世上最最珍贵的东西，甚至献出自己的生命……

玫瑰树

[美国]史密斯

罗根·皮尔绍尔·史密斯（1856—1946），英裔美籍语言学家兼散文作者。他的作品文笔流畅洒脱，委婉生动。代表作有《天外之音》。

　　这老太太总为她园里那棵大玫瑰树感到得意，欢喜对人讲它是怎样从一条插枝长成，好些年前她才结婚的时候从意大利带回来的。她同她的丈夫从罗马坐四轮马车旅行回去（当时还没有火车），在西恩那南部一段坏路上他们停了下来，不得不在路旁的小店里过夜。小店设备当然简陋，她一夜没有睡好觉，很早就起床，披上衣服，站在窗前，凉风拂面，眺望着黎明。过了这些年，她还能记得明月高照的青山，一个山巅上远远的市镇怎样渐渐发白，发白，直到月亮消逝，山轻轻着上了晨曦的淡红，突然市镇像为一种光辉照亮，阳光投到一个个窗户上，又反射回来，直到最后那些小小的城像一群星星在天空闪烁着。

　　那天早晨，知道他们的车子还没有修好，他们坐了一辆当地的车去到那座山城，听说那里他们可以找到好一点的住处；他们在那里停留了两三天。那是一个意大利小城，有一个高高的教堂，一个浮华的市场，几条窄街和小小邸宅，稠密而完美，坐落在一个山端，在一道墙围着的和简直不比英国菜园大的区域里。但是它却充满了生气和喧闹，昼夜响着脚步与话声。

　　他们住的那小旅馆的餐堂是那个小城里的显贵聚会的场所，县长、律师、医生，还有几个另外的人；在他们当中，他们注意到一个漂亮温和而健谈的老人，有着发亮的黑眼睛和雪白的头发——高、挺直，仍有青年人的身姿，虽然侍者骄傲地告诉他们说，伯爵很老了——事实上下年他就要满八十了。他是他家庭最后的一个人，侍者又说——他们从前是了不起的富翁——但他没有后嗣；这侍者得意地谈到，好像那是当地引以为荣的故事，伯爵曾在爱情上不幸，从来没有结过婚。

这年老的先生可好像够快活的，显然对陌生的客人们发生了兴趣，想跟他们认识。这立刻就由那和善的侍者做到了。才稍谈了一会儿后，那老人便请他们去看他那就在城墙处的别墅和花园。第二天下午，在开始日落的时候，他们从门口和窗户瞥见蓝影初初罩上褐色的山，他们便去拜望他。地方并不大，一个小的新式的水泥粉刷的别墅，附带一个天然的石子花园，里面有一个装着呆滞的金鱼的石盆，有一个靠在墙上的猎狩女神及其猎犬的像。但是使它尤其生色的是一棵攀缘房屋的大玫瑰树，几乎掩住窗户，空中充满它甜蜜的芳香。是的，那是一棵壮丽的玫瑰树，伯爵骄傲地说，在他们赞美它的时候，他要讲那与树有关的小姐。当他们坐在那里，喝着他招待他们的酒，他以一种老年的恬淡谈到他自己的恋爱，好像他认为当然他们已经听到过。

"这小姐住在那座小山过去的山谷那边。我当时还是一个青年，因为那是许多年以前。我常骑马去看她，路很远，而我骑马快，因为年轻人，无疑地夫人知道，是性急的。但是那小姐没有好心眼，她害我等，呵，一等就几个钟点；有一天我等得太久了，我便很生气，当我在她约好来会我的花园里走上走下的时候，我折断了她一棵玫瑰树，从树上折断了枝；当我明白我干了的事，我把它藏在上衣里——这样——；当我回到家里，我便把它栽好，夫人看见它是怎样长着。假如夫人喜欢它，我一定给她一条插枝栽在她花园里；我听说英国人有美丽的葱翠的花园，不像我们的被太阳晒着。"

第二天，当他们的修好的车来接他们，而且他们正要从旅馆离开的时候，伯爵的老仆人送来了包得上好的玫瑰插枝与她主人的"一路平安"的祝词和愿望。城里的人都聚拢来看她们动身，孩子们在他们车后追着，一直追到城门外边。他们听到后面有一阵脚步的急奔，但不久他们便远远在下面向山谷而去；这充满了闹声与生气的小城高高地在他们上面立于山巅。

她把玫瑰栽在家里了，它异样地生长而旺盛；每年六月，繁茂的枝叶发出一种芳香和绯红的热烈的光彩，好像它的根和纤维里仍燃烧着那位意大利情人的愤怒和受挫的热望。自然老伯爵一定死了好多年了；她已忘记了他的名字，甚至也忘记了那山城的名字。在第一次看见它在黎明时分像一群星星在天空闪烁之后，她曾在那里停留过。

笑与泪

[黎巴嫩]纪伯伦

纪伯伦（1883—1931），黎巴嫩诗人、小说家。主要作品有长篇小说《断翼》，诗集《先知》《行列圣歌》《笑与泪》等。

太阳从那些草木葳蕤的花园里收敛起它金色的余晖。月亮从地平线上升起来，洒下清辉静柔如水。我坐在树丛下，注视着瞬息万变的天空。从袅娜多姿的枝叶间，我仰望着满天的繁星，好似无数的银币撒落在广阔无边的蔚蓝色的地毯；我侧耳细听，远处传来山涧小溪淙淙的流水声。

夜鸟投林，花儿也闭上了眼睛，四周是一片寂静。这时，我听到草地上传来了一阵轻轻的脚步声。我回眸望去，只见走过来一对青年男女。他们坐在一棵枝繁叶密的树下，他们看不见我，我却能看清他俩。

小伙子先朝四周望了望，然后才听见他开了腔："坐下吧，亲爱的，请你坐在我身边。你笑吧！因为岁月都为我们感到快乐。我仿佛觉得你心中还有怀疑，而对于爱情的怀疑就是一种罪过呀，亲爱的！不久，月光照耀下的这片广阔的土地都将属于你，这座公馆并不亚于国王的宫殿，也将归你掌管。我的骏马良驹将驮着你到处旅行游逛；我的华丽的车子会载着你出入剧院、舞场。亲爱的！微笑吧，就像我宝库中的黄金那样微笑罢！请你对我瞧一瞧，要像我父亲的珠宝那样瞧着我。听我说，亲爱的！我的心执意要在你面前倾吐它的衷情。我们将欢度蜜月，我们可以带上大量的金钱，到瑞士的湖边，到意大利的公园，在尼罗河畔法老的宫殿，在黎巴嫩翠绿的杉树下、丛林间度过我们的蜜月。你将会见公主和贵妇。你的一身珠光宝气，连她们都会对你妒忌。这一切都是我要献给你的，你可满意？啊！你笑得多么甜！你的微笑就仿佛是我的命运在微笑一般。"

过了一会儿，我看到他俩慢慢地走着，他们脚踩着鲜花，就好似富人的脚把穷人的心践踏。

他俩消逝在黑暗中，我却还在思考着金钱在爱情中所占的地位。我想到，金钱仍是万恶之源，而爱情则是幸福与光明的源泉。

浮想联翩，使我感到茫然。正在这时，有两个人影经过我的面前，然后坐在不远的草地上面。又是一对男女青年，他们来自农舍、田间。先是一阵寂静，此时无声胜有声。接着我听到的话语伴随着深深的长叹，说话的是位害肺病的青年："揩干你的眼泪，我亲爱的！爱情使我们眼亮心明，让我们成了它的仆从，它赋予我们坚忍顽强的品性。擦干你的眼泪！要感到欣慰，因为我们为崇拜爱情，结成了神圣同盟。为了甜蜜、纯洁的爱情，我们可以忍受一切痛苦和不幸，经受得住离别和贫困。我一定要同岁月较量一番，直到获得一笔像样的财产，奉献在你面前，帮助我们度过生命中的各个阶段。亲爱的！主就是美好爱情的体现，它会接受我们的泪水和悲叹，就像接受香火一般。它也会为此奖赏我们应得的命运。亲爱的，再见吧！月亮落去之前我该走啦！"

随之我听到一阵柔声细语，间杂着炽热如火的喘息。那声音出自一位温柔的少女，她把内心的一切都揉进了那话音——爱情的炽热、离别的痛苦和永久的甜蜜，她说："再见吧，我亲爱的！"

随后，他俩分了手。我坐在那棵树下，怜悯好像无数只手在揪扯我的心绪。这奇妙世间的许多奥秘，实在让我感到茫无头绪。

这时，我汴视着沉睡的大自然，细细地察看，于是我发现其中有一样无边无际的东西。一种金钱也无法买到的东西，一种用秋天的凄凉的泪水所不能冲掉的东西；一种不能为严冬的悲愁所扼杀的东西；一种在瑞士的湖畔、意大利的游览胜地所找不到的东西；它是那样坚忍顽强！能挺过严冬，在春天开花生长，在夏天结果繁荣。我发现那东西就是爱情。

伴　侣

[黎巴嫩]纪伯伦

第一眼

那虽只是一瞬，却将人生的醉与醒截然划分；那是第一道光芒，将心的各个角落都照亮；那是在第一根心弦上，发出的第一声神奇的音响。这一刹那，使心灵又听到了往日的传闻；让它看到了失眠之夜的作品。那一瞬间向心灵阐明了人世间感情的业绩；也对它泄露了来世永生的秘密。那是阿施塔特女神从苍天抛下的一粒种子，落入眼睛种进心窝，感情催它发芽，心灵使它结果。情侣的第一眼好似圣灵飘荡在烟波浩渺的海面，由此产生了地与天。人生伴侣的第一眼，仿佛是上帝在说："如此这般……"

第一吻

上帝在杯中斟满了爱的美酒，它是从那杯中啜饮的第一口；往日还让人半信半疑，时时担忧，它却一下子使人确信无疑，喜上心头；它是美好人生的序幕，是精神生活诗篇的开头；它是一根纽带，连接着不同寻常的过去和光辉灿烂的未来；它既包含着感情的宁静，也隐伏着情感的风暴；它是四片嘴唇共同说出的语言，宣布心是宝座，爱是女王，忠诚是王冠。它是温柔的一触，好似微风轻抚玫瑰花蕊一般，带来的是轻轻的甜蜜的呻吟和一声幸福的长叹；它是神奇的抖颤的开端，这种抖颤使得情人脱离开道学世界，进入梦幻的乐园；它是把两朵花儿合在一起，使它们的气息相混，而产生第三种香气……如果说第一眼是爱情女神在心田上撒下的种子，那么第一次亲吻就像一朵鲜花，开放在人生之树的枝头上。

婚　配

从此，爱情把生活的散文写成诗篇，把生命的内容写成经卷，昼夜吟咏、诵念。从此，思慕揭开了蒙在往年那些不解之谜上面的种种神秘的幕布，而由诸般乐趣构成了只有灵魂拥抱其主的快乐才能与之相比的幸福。婚配就是两种神性结合在一起，而使第三种神性降生在地；婚配是两个相爱的强者同舟共济，以便一道战胜岁月征途上的风风雨雨；婚配就是把黄色的美酒与红色的佳酿混合在一起，而产生一种好似朝霞一样橘红色的液体；婚配就是两个灵魂和谐一致，是两颗心合二为一；婚配是一条金链上的一环，这金链的开头是目光一闪，它的末尾是无穷无限；婚配是纯净的雨水从贞洁的天空向神圣的自然倾盆而下，把幸福的田地中的力量开发……如果说情人的第一眼好似爱情播在心田中的一粒种子，出自她双唇的第一次亲吻好像第一朵鲜花开放在人生的树枝，那么，与她结婚就如同那粒种子开出的第一朵鲜花结出的第一颗果实。

孤　独

[黎巴嫩]纪伯伦

生活是孤独海洋中的一个岛屿。

生活是一个岛屿——它的岩石是愿望，他的树木是梦幻，它的花朵是寥寂，它的水泉是焦渴。这个岛屿处在孤独之海的中央。

我的兄弟！你的生活是与所有岛屿和所有地区相隔开的一个岛屿，尽管你派舟船去到别的一些海岸，尽管舰队也来到过你的海岸，可你还是你，还是那个因其痛苦和欢乐而孤独，因其思念而遥远，因其秘密和隐幽而不为人知的岛屿。

我的兄弟！我看到你正坐在一座金山上，你因你的财富而兴高采烈，因你的丰裕而趾高气扬。你感到每一捧矿石中都有一条秘密通道，把你的思想和人们的思想联系起来，把你的意向和人们的意向联系起来。我看到你就像一位大开拓者，率领无往而不胜的军队，来到坚不可摧的要塞，一举将其摧毁；来到固若金汤的重地，一举将其占领。但是，我第二次看到你时，发现在你的储藏之所的大墙后面，有一颗心正在其孤独中战栗，像关在黄金珠宝制成却没有水的笼子里的焦渴者那样战栗。

我的兄弟！我看到你坐在光荣的宝座上，周围是赞颂着你的名字、反复念叨着你的嘉言懿行、统计着你的天才并眼巴巴地盯着你的人。他们好像站在一位先知面前，那先知正用其精神的力量让他们的灵魂升腾，带着他们在众星辰间翱翔。你看着他们，脸上显出欢快、有力和征服的神情，你在他们中间的地位就像灵魂在肉体中一样。但是，我第二次看到你时，发现你孤独的本质正立于你的宝座旁，它因你的寂寞而痛苦，因你的惆怅而烦恼。之后，我看到它向四面八方伸出手去，似乎在寻求看不见的幻影的同情与施舍。再后，我看见它从人们的头顶上方向远处张望，向一个除了它的孤独之外一无所有的地方张望。

我的兄弟！我看到你迷恋着一个漂亮女人的爱情，你正向她的发际喷洒你心灵的蜜液，正用你的双唇吻遍她的素手。她则用充满深情的目光看着你，嘴角浮现出母性的微笑。我心中悄语："爱情除却了这位男子的孤独，抹去了他的寂寞，因此他又重新和那个普通而一般的灵魂联系起来了，这个灵魂用爱把由于空虚和忘却而与之分离的东西吸引到自己身边来。"不过，当我再次看到你时，却在你被迷恋的心中发现了一颗孤独的心，它想往这个女人的脑海里倾注他的情思，但它做不到。我在你因爱情而融化的自我后面，发现了另一个孤独的自我，它像雾一样，希望在你女伴的捧掬的手中化作滴滴泪珠，但是它做不到。

我的兄弟！你的生命是远离一切家宅和社区的一所孤零零的房屋。

你的精神生活，是远离人们用你的名字称呼的那些表象和外观的道路的一所宅邸。如果说这所宅邸是黑漆昏暗的，你却不能用你亲近的人的灯盏去照亮它；如果说它是空空荡荡的，你却不能用你邻人的财产使它盈满；如果说它是建在一片沙漠中，你却不能将它移到别人栽花植树的花园中去；如果说它高立于一个山顶上，你却不能把它降至一条别人践踏过的山谷中。

我的兄弟呀，你的精神生活被孤独和寥寂所包围，假如没有这孤独，你就不会是你，我也不会是我；假如没有这寥寂，我即使听到你的声音，也会以为是我在说话；即使看到你的面孔，也会以为是我在揽镜自照。

怨　歌

[英国]乔叟

乔叟（1340? —1400），英国诗人，英国人文主义文学的最早代表。代表作为《坎特伯雷故事集》。

我是世上最可怜的人，对自己的惨景已束手无策，此刻我开始向她作最后呼吁，唯有她控制着我的生命，可是她对一个真心人竟毫无怜悯，我虽忠诚相待，她仍不惜置我于死地。

难道我一切的言行就没有一点能邀得你的欢心吗？啊，完了！我的苦命啊！见我悲叹你反欢笑，因而把我的幸福剥夺殆尽。我好比被抛在一座无情的海岛上，再也无法逃生；甜心呀，为的是我爱你最真切，可是我竟受到了这样的待遇！

的确，我推断出一条真理：如果你的美色与仁德是可以估价的话，由你叫我如何愁苦，我也甘心情愿；原来我是世界上最渺小的一个行客，竟而妄自尊大，敢于高攀绝顶，何怪乎要遭你冷眼相遇？

啊，我的生命已到达了尽头；我知道死亡就是我的终结。我唯有悲唱一支令人生厌的歌曲：在苦难中我度过这一生。

我虽苦恼已极，但你当初的恩遇和我的深情促使我不顾一切，爱你如命。

如是，绝望伴随着我，我在爱中求生——岂能求生，我在绝望中只有死亡！你即叫我无辜受难，以至于死，难道我就此放过不问？是呀，诚然如此！我虽因她而不免一死，但我为她颠倒，却是自作自受；是我自愿听她使唤，岂能归罪于她。

那么，我的烦恼既由自己造成，且自己又甘心承受，她并未加以可否，我该可一言道破：即使我不幸而死，却无损于她的德行，我是一条可怜虫，一怨她天生丽质，二怨我看中了她。

如此看来，我苦恼而死，还是起因于她；此刻只消她愿意讲出一句好话，我便得救。难道她竟眼见我愁痛而自鸣得意吗？啊，人们被她使唤乃至丧命，想必她已司空见惯，并且引以为乐了！

可是，有一点很难理解：她既是我心目中的绝代佳人，是自然界所塑造的空前绝后的完善作品，却为何她竟然把慈悲看做粪土呢？这显然是自然界中的莫大缺陷。

然而，天啊，这一切又不是我意中人的差错，我唯有痛责造物主与自然之神。她虽对我缺乏怜悯，我依旧不应藐视她心中所好，因为她对人人都是一样：见人们嗟叹，她便哂笑，这原是她的一时高兴；而对她的一切好恶，我只有唯命是从，毫无异议。

虽则如此，我仍将鼓起勇气，埋下一颗愁苦的心，向你恳求，望你施展大恩，倾听我冒昧呈词，俾得表达我的沉痛，至少求你一读我这首诉歌。我一面胆战心惊，唯恐不知不觉中一言不慎，反而使你心生厌恶。

愿上帝救我的灵魂！天下恨事莫过于因我言语不慎而惹动了你的怒火；其实，直等我身死埋进黄土，你也难遇见一个更为真情的侍者；我只顾向你诉怨，还望你宽恕我，啊，我心头的爱人儿！

不论我前途是生是死，我从来就是，永远也是，你的躬顺真实的侍者；你是我的生命之源，也是我生命的终局，是光辉的维纳斯的太阳；自从上帝和我的真心为证，我唯一的意愿是永远爱你如初恋时一般，是生是死我将永无怨言。

这首诉歌，这首伤心曲，作于百鸟择配的圣发楞泰因的节日。现在我献给她，我的一切已归她所有，永远由她支配；虽然她还未垂怜于我，我仍将为她效劳到底，我最爱她一人，即使她置我于死地。

草 莓

[波兰]伊瓦什凯维奇

雅·伊瓦什凯维奇（1894—1980），波兰诗人、作家、翻译家和社会活动家。出版过大量的诗歌、小说、剧本、散文、游记和音乐著作。

时值九月，但夏意正浓。天气反常地暖和，树上也见不到一片黄叶。葱茏茂密的枝柯之间，也许个别地方略见疏落，也许这儿或那儿有一片叶子颜色稍淡；但它并不起眼，不去仔细寻找便难以发现。天空像蓝宝石一样晶莹璀璨，挺拔的榉树生意盎然，充满了对未来的信念。农村到处是欢歌笑语。秋收已顺利结束，挖土豆的季节正碰上艳阳天。地里新翻的玫瑰红土块，有如一堆堆深色的珠子，又如野果一般的娇艳。我们许多人一起去散步，兴味酣然。自从我们五月来到乡下以来，一切基本上都没有变，依然是那样碧绿的树，湛蓝的天，欢快的心田。

我们漫步田野。在林间草地上我意外地发现了一颗晚熟的硕大草莓。我把它含在嘴里，它是那样的香，那样的甜，真是一种稀世的佳品！它那沁人心脾的气味，在我的嘴角唇边久久地不曾消逝。这香甜把我的思绪引向了六月，那是草莓最盛的时光。

此刻我才察觉到早已不是六月。每一月，每一周，甚至每一天都有它自己独特的色调。我以为一切都没有变，其实只不过是一种幻觉！草莓的香味形象地使我想起，几个月前跟眼下是多么不一般。那时，树木是另一种模样，我们的欢笑是另一番滋味，太阳和天空也不同于今天。就连空气也不一样，因为那时送来的是六月的芬芳。而今已是九月，这一点无论如何也不能隐瞒。树木是绿的，但只需吹第一阵寒风，顷刻之间就会枯黄；天空是蔚蓝的，但不久就会变得灰惨惨；鸟儿尚没有飞走，只不过是由于天气异常的温暖。空气中已弥漫着一股秋的气息，这是翻耕了的土地、马铃薯和向日葵散发出的芳香。还有一会儿，还有一天，也许两天……

我们常以为自己还是妙龄十八的青年，还像那时一样戴着桃色眼镜观察世界，还有着同那时一样的爱好，一样的思想，一样的情感。一切都没有发生任何的突变。简而言之，一切都如花似锦，韶华灿烂。大凡已成为我们的禀赋的东西都经得起各种变化和时间的考验。

但是，只需去重读一下青年时代的书信，我们就会相信，这种想法是何其荒诞。从信的字里行间飘散出的青春时代呼吸的空气，与今天我们呼吸的已大不一般。直到那时我们才察觉我们度过的每一天时光，都赋予了我们不同的色彩和形态。每日朝霞变幻，越来越深刻地改变着我们的心性和容颜；似水流年，彻底再造了我们的思想和情感。有所剥夺，也有所增添。当然，今天我们还很年轻——但只不过是"还很年轻"！还有许多的事情在前面等着我们去办。激动不安、若明若暗的青春岁月之后，到来的是成年期成熟的思虑，是从容不迫的有节奏的生活，是日益丰富的经验，是一座内心的信仰和理性的大厦的落成。

然而，六月的气息已经一去不返了。它虽然曾经使我们惴惴不安，却浸透了一种不可取代的香味，真正的六月草莓的那种妙龄十八的馨香。

孤独的树

[保加利亚]彼林

埃林·彼林（1878—1949），保加利亚作家。作品风格明快、短小精悍，如田园诗。代表作有《黑玫瑰》。

一阵肆虐的狂风从遥远的树林里刮来两棵种子，随意将它们分撒在田野里。雨水将它们润湿，泥土将它们埋藏，阳光给它们温暖。于是，它们在田地里长成了两棵树。

最初，它们十分矮小，然而无心的时间把它们高高地拉离地面。它们便能眺望得比从前远多了。

它们也能彼此看见了。

田野十分辽阔，直到那葱绿的平原的尽头，也看不到任何其他的树木，只有这两株远远分隔着的树，形影相依地伫立在田野中间。它们的枝丫纵横交错，仿佛是些用来丈量这旷野的奇怪的标尺。

它们遥遥相望，彼此思念，彼此倾慕。然而，当春天来临，生命的力量给它们温暖，充盈的液汁在它们体内流动起来时，它们心中也勾起了对那永存的，同时也是永远离开了的母林的思念。

它们会心地摇动着树枝，相互默默地打着手势。当一只小鸟像一种心念从这棵树飞到那棵树的时候，它们就高兴得战栗了起来。

狂风暴雨来临时，它们惶恐地东摇西摆，折断了树枝，呜呜地呻吟叫喊，仿佛想挣脱地面，双方飞奔到一起，紧靠支撑，并在相互拥抱中获得解救。

夜晚到来，它们消失在黑暗中，重又被分隔开来。它们痛苦得如同病魔缠身，它们祈求地仰望天空，期望快快给它们送来白日的光辉，以求再能彼此相见。

如果猎人和干活的人坐在它们中一个的影子下休息，另一个就忧伤地喃喃低语，沉痛地诉说孤独的生活多么苦恼，离开亲人的日子过得多么缓慢、沉重、没有意义；它们的理想因得不到理解而消失；它们的希望因不能实现而破灭；找不到慰藉的爱情多么强烈，没有亲情的处境多么难以忍受。

表　白

[罗马尼亚]雷布雷亚努

利维乌·雷布雷亚努（1885—1944），罗马尼亚小说家、剧作家。代表作品有小说集《动荡》、长篇小说《依昂》《绞刑森林》《起义》。

许多人还以为这么说是在夸耀自己哩："瞧，我的心：你们拿去吧……我不再需要它了……我既不畏惧嫉妒的痛苦，也不在乎爱情的战栗！只有一点我不得不避免：不要流于平庸！我甘愿遭受苦难，甘愿咬紧牙关，甘愿面对绝境，甘愿含着泪水进入梦乡！这样，至少我明白我正活着，兴许还会理解爱的含义……然而，日子在一天天过去，总是千篇一律，枯燥乏味，令人生厌，我的生命就像卑微的飞虫的生命那样流逝……我不能拥有一次爱情；我只能拥有无数次爱情。可这些爱迅疾产生，闪烁片刻，旋即消失，永远地消失，仿佛只是些你一觉醒来便忘得一干二净的梦……"

哦，我也曾以为我无法爱，我也曾想象错不在我，而在她们，在那些不值得爱的女人身上……

然而今天，我知道并懂得爱只对恭顺者开启，高傲者永远无法爱……那些高傲者想象自己不需要心；他们一心只想索取，只想不断征服；他们最终认为在爱中成功便意味着一切。他们的愿望或许能实现，他们的欲念或许能满足……但，天哪，爱情他们却永远无法了解。

因为爱要求服从，一种盲目的服从，像信仰那样。在爱中你永远不能确信，永远没有样板。没有服从和忠诚，也就没有爱情。

为了让你的心能够接受爱的光泽，你必须有许多的经历，必须有许多的磨难，必须有许多的见识。那些自负者，那些高傲者，那些厚颜无耻、忘恩负义之徒无从知晓爱是什么。这样，我们中绝大多数人直到五十岁才开始懂得爱，而那时，实在是太晚了……

生活曾折磨过我，曾羞辱过我，曾使我的声音变得沉静。就这样，我终于不再说那些女人不值得爱，我终于想向全世界宣告：我懂得如何去爱了，因为我已学会了哭泣，学会了叹息，学会了忍受！

今天，我也想远离爱情，我也想重新变得高傲、自负、战无不胜……从这种愿望中便可以看出我已堕入情网！

如果我能用排箫吹出动人的乐曲，我会带你到一个沐浴在月光下的林中草地，到一个人类骄傲尚未筑巢的林中草地，我会在你的耳边轻轻唱起恋人之歌。那一刻，或许，你也会认识到爱情与人们所说的"被爱"截然不同。

我爱你，因为你爱我：这是交换，但不是爱。我爱你，就因为我爱你，除此之外，别无其他；我爱你，仅仅因为我爱你：爱便从这里开始。我衷心地感谢你，为了我对你的爱，这才是爱的歌曲。

恋人不说："我爱你，因为你那黑色的头发。"也不说："我爱你，因为你的温柔。"恋人只说："我爱你，不管你的头发黑不黑；我爱你，不管你温不温柔；我爱你，即使你的头发金黄；我爱你，即使你毫不温柔。"

有人说诗虚构了爱。诗将曾经的爱——那纯朴自然的情感变成歌，变成雕塑，变成诗行；诗使人变得疯狂，使饥肠辘辘的人品尝到了美味佳肴。

然而，我却要说，没有哪位诗人、音乐家、画家或雕刻家比恋人更伟大。艺术家若想理解最伟大的苦难之诗，首先就必须成为恋人。并非诗人创造了爱，而是爱创造了诗人！我欣喜地阅读着满天的星星，愉快地在洁白的纸上写下一行行文字。我可以发誓在我们卑微的文字中记录着星空所有爱的秘密。

懂得星之生活的人便懂得人间之爱！

爱可不知什么忠诚或不忠诚的语言。

你另有所爱，因此我不再爱你：这不是爱之歌。恋人从不说：你欺骗了我。

至于你是否曾给他人以吻，爱并不计较。爱既不探究过去，也不检查现在。未来是它的希望；未来是它的自我。最最没有希望的希望，最最难以安慰的安慰，便是它的芳泽。这种芳泽同痛苦，同爱情一样甜美。

爱、痛苦、生活：瞧，爱的十字架。

吻为你解渴。泪却在你心中唤起更为浓烈、更加恼人、也更加亲切的思念，这种思念是吻无法平息的。从眼中流出泪，爱的永恒的源泉；从爱中流出歌、诗、美，泪的永远的源泉。

一滴在爱人的睫毛上怯怯颤动的泪是一座宝藏，比世上所有女人的亲吻和拥抱更为丰富，更为珍贵……

哦，虚荣，虚无中的虚无！预言家说。

所有的痛苦都是虚无！内心一个声音对你低声细语。

吻、泪、爱：所有这些都是巨大的虚无，都是充满痛楚的乌有……

但是，为了这些徒劳无益的乌有，为了这些无法穿透的虚无，我能够献出我在世上最最珍贵的东西，甚至献出自己的生命……

我不知道我所做的一切是好是坏，但我觉得从世上所有的虚无中，我选择了最最美好的虚无，因为它是虚无中的虚无……

爱情的故事

[法国]圣琼·佩斯

在一间孤零零的茅舍里面，坐着一位青春年少的小伙子。他透过窗户一会儿向缀满群星的夜空张望，一会儿又低头凝视着手中一位姑娘的画像。那画像的每根线条、每种色彩，都在青年的脸上反映出来，因此，这世界上的秘密和永恒世界的天机都在这脸上暴露无遗。那姑娘的画像在与青年喁喁私语，情意绵绵，使他的两眼变得好像耳朵一般，能听懂那屋子空间中遨游的灵魂的语言；那画像又仿佛把青年的一切化为一颗心。爱情使它像火一样炽烈，相思又使它如海一样深沉。

就这样过了一个时辰，那时候好似美梦中一分钟那样短暂，又仿佛是在永恒的人生中度过了一年。然后，青年把画像放好，提笔在一张纸上写道：

“我心爱的人！”

“伟大的超然物外的真情实感，无法通过人类相通的语言在人与人之间相传，而只能靠心心相印，默无一言。今夜万籁俱寂，我觉得正是这静谧在你我两颗心之间把情书递传。这书信是如此轻柔，胜似微风把深情写在水上头；这静谧又仿佛拿着我们两颗心中的情书，对我们两颗心轻轻地诵读。但是，正如上帝的旨意把心灵囚禁在躯体内部，爱情的旨意竟让我也变成了话语的俘虏……亲爱的！人们说，爱情会把人变得好似熊熊烈火在燃烧，能把一切都吞噬掉。我发现，离别的时间不能将你我的精神世界隔断。还有，第一次相见，我就知道我的心灵早已认识你不知多少年了。看到你的第一眼，实际上并非第一眼……我亲爱的！使我们这两颗被苍天贬谪下凡的心重新相聚在一起的时分，使我不禁再次相信，心灵的确不会泯灭，它将永世长存。只在这样的时刻里，造化才算揭去了自己的假面具，露出了它那有限的常令人怀疑的正义……"

"亲爱的！你是否还记得那座花园——我们曾站在那里相互注视着情人的脸？你是否知道，当时你的眼神告诉我，你对我的爱并非出自对我的怜悯？那眼神告诉我，并教我对自己，也对世人说：出自公正的馈赠远胜过悲天悯人的施舍，而虚假的爱情则像沼泽中的水一样污浊。"

"亲爱的！我想让自己度过伟大、壮丽的一生，能让后世人长记心中，引起他们的爱戴，博得他们的尊敬。我遇见你时，这一生已经开始，而我深信它会永垂青史。因为我认为你是那样不凡，一定能将上帝寄存我身上的神力通过伟大的言行得以体现，就好似太阳催开百花，使它们争奇斗妍，馨香满园。似这样，我的爱将永世存在，为我自己，也为后代。我爱人们，这爱是纯洁的，毫无私心；我更爱你，这爱是高尚的，脱俗超凡。"

青年站起身，在屋子里踱来踱去。然后他向窗外望去，只见月光融融，月色迷离。他坐下来，又接着写下去：

"原谅我吧，亲爱的！因为我刚才竟用了第二人称与你交谈，而实际上，你是我们同时出自上帝手中时我失落的美丽自身的另一半。原谅我吧，亲爱的！"

爱情与友谊

[法国]拉布吕耶尔

拉布吕耶尔（1645—1696），法国作家，写讽刺作品的道德家。主要作品是讽刺性的《品格论》，这部书使他树敌甚多，但也获得很好的声望。卒于凡尔赛。

在纯洁的友谊中有一种平庸之辈无法领略的情趣。

爱情是不假思索的感情，由于欲念或软弱，它猝然而生：一颦一笑使我们动情，使我们矢志不移，相反，友谊是随着时间，通过接触和长期的交往逐渐形成的。朋友间多年的默契、善意、情谊、关照和殷勤，却比不上一张漂亮的面孔或一只秀美的手刹那间的魅力。

时光的流逝加强友谊，却削弱爱情。

只要爱情存在，它就能依靠自身的力量，而且通过那些有时表面看来似乎应该使它熄灭的东西——如任性、冲突、别离、嫉妒——继续下去。相反，友谊需要栽培。由于缺乏照料、信赖和殷勤，它可能死去。

热烈的爱情较之完美无瑕的友谊更为常见。

爱情和友谊互相排斥。

经历过伟大爱情的人轻蔑友谊；而耕耘崇高友谊的人尚未为爱情贡献任何东西。

爱情以爱情开始；而最诚笃的友谊只能转变成微弱的爱情。

年轻的母亲

[法国]瓦莱里

瓦莱里（1871—1945），法国诗人。代表作有《旧诗集存》《与台斯特先生促膝夜谈》《达·芬奇方法引论》等。

这个一年中最佳季节的午后，像一只熟意毕露的橘子一样的丰满。

全盛的园子，光，生命，慢慢地经过它们本性的完成期。我们简直说，一切的东西，从原始起，所作所为，无非是完成这个刹那的光辉而已。幸福像太阳一样看得见。

年轻的母亲从她手里小孩的面颊上闻出了她自己本质的最纯粹的气息。她抱紧他，为的是要使她永远是她自己。她抱紧她所成就的东西。她忘怀，她乐意耽溺，因为她仿佛重新发现了自己，重新找到了自己，从轻柔的接触这个鲜嫩醉人的肌肤上。她的素手徒然捏紧她所结成的果子，她觉得全然纯洁，觉得像一个圆满的处女。

她恍惚的目光抚摩树叶、花朵，以及世界的灿烂的全体。

她像一个哲人，像一个天然的贤人，找到了自己的理想，照自己所应该做地完成了自己的心愿。

她怀疑宇宙的中心是否在她的心里，或在这颗小小的心里——这颗心正在她臂弯里跳动，将来也要来成就一切的生命呢。

废墟间

[法国]波德莱尔

波德莱尔（又译波特莱尔，1821—1867），法国诗人。主要作品有诗集《恶之花》《散文诗集》等。

　　溶溶月色给太阳城遗迹四周的丛林披上了一层轻纱；万籁俱寂，那大片的废墟俨如巨人，饱经沧桑，却还是玩世不恭。

　　这时，空中现出两个幻影，像是从蔚蓝色的湖中升起的两团雾气。他们坐在一根大理石柱上，那是岁月从那奇异的建筑物中连根拔起来的。他俩注视着那好似魔术舞台的周围。过了一会儿，其中一人抬起头，用一种好像在幽谷中回荡的声音说道：

　　"亲爱的！这些是我为你建造的庙宇的遗迹；那些是我为你筑起的宫殿的废墟。如今，它们早已被夷为平地，只留下些残垣颓壁，在向世人述说我毕生役使黎民百姓所创建的丰功伟绩。亲爱的！你瞧瞧！我修筑的城市，被大自然摧毁了；我主张的哲理，受到后世的鄙视；我建立起的王国，早已被人忘记。剩下来的唯有由于你的美而产生出来的微妙的爱情和被你的爱情复活了的美的产物。我在耶路撒冷建起了一座礼拜的寺院，祭司们奉它为圣地，然而岁月却让它荡然无存；我在胸中建起了一座爱情的神殿，上帝使它成为圣地，任何力量都无法将它摧毁。我毕生殚精竭虑，对各种现象都追根究底，对每件事物都穷源其委，于是人们说'他是一位多么英明的君主！'天使们却说：'他可真是爱耍小聪明！'随后，我看到了你，亲爱的！向你唱起了爱慕之曲，于是，天使们为之欢欣，人们却未注意……当年，我做君卡时，就好像有一道道障碍，把我那颗干渴的心与那体现在人间万物中的美好的灵魂隔离开来；而当我看到了你，爱情醒了过来，摧毁了那一道道障碍，于是我为自己耗费掉的年华而惋惜，在那些年代里，我曾自暴自弃，认为人世间的一切都是假的。我曾制造了铠甲，锻造了盾牌，因而各个部落对我胆战心惊。而当爱情使我心明眼亮时，我却受到了蔑视，甚至我的臣民都对我瞧不起。但是，死神来临时，他把那些铠甲和盾牌埋在土中，而把我的爱情带到了上帝那儿。"

沉寂了片刻，第二个幻影说："如同花儿从泥土中获得了芬芳和生命一样，灵魂是从物质的弱点和错误中吸取智慧和力量。"

两个幻影融合在一起，走了。过了一会儿，空中回荡着这样一句话："永存不灭的世界里只保留着爱情，因为它同样是不朽的。"

珍 珠

[法国]普鲁斯特

普鲁斯特（1871—1922），法国作家。作品以回忆过去为主，充满思维的跳跃和不连贯的语言片断。代表作品有长篇小说《追忆逝水年华》。

早晨回到家里，躺在床上，我浑身发冷，一阵忧郁冰凉的谵妄使我不寒而栗。刚才，在你的房间里，你前一天的那些朋友，你翌日的那些计划——还有数不清的敌人，为了对付我而策划的种种阴谋——你此时的各种想法——还有无数看不清走不完的路，所有这一切把你和我生生隔开。现在我已经远远地离开了你，然后亲吻很快就会唤来你不尽如人意的出现，你那瞬间即逝的面具，在我看来，这样的出现足以向我描述你的真实面容，满足我对爱情的憧憬。可以走了；但愿伤心而又冻僵的我远远地离开你！然后，我们的幸福所熟悉的梦幻重新开始延伸，犹如闪烁的烈焰上滚滚的浓烟，在我的脑海里欢快地不断延伸，那又是中了哪种突如其来的魔法呢？被褥底下我那只被焐热的手再度散发出你给我抽的那种玫瑰香烟的味道。我把嘴唇紧紧贴在手上久久地回味这种香味，在记忆的暖流中，这种芬芳洋溢出浓浓的温情，浓浓的幸福和浓浓的那个"你"。啊！我热爱的心上人，当我能够完全丢开你的时候，我就欢快地在对你的回忆中畅游。如今，对你的回忆填满了我的房间。用不着抗拒你那无法征服的肉体，我荒唐地这样对你说。我必须对你说，我不能丢开你。你的出现给我的生活带来的这种细腻、忧郁而又温暖的色调，宛如你夜晚佩戴的珍珠。如同这珍珠一样，我感受到了你的热情，伤心地细细品味这热情中的深浅浓淡；如同这珍珠一样，如果你不带上我，我就会死去。

爱情的艺术

[法国]安德烈·莫洛亚

安德烈·莫洛亚（1885—1967），为法国两次大战之间登上文坛的重要作家。代表作有长篇小说《非神非兽》《贝尔纳·盖斯奈》《氛围》等。

一个风度优雅的人不会丢弃他的优点。优雅的风度将永远留存。每个动作，每句话语，都令人心旷神怡。衰老本身不会改变人的天性。美丽的容貌到了老年也可以保持其魅力。当你从对方苍苍白发下面又看到了他（她）褐发或金发时代那令人倾心的眼神和笑容时，你会感到无限快乐。

有没有保持爱情的艺术呢？最大的秘密就是要保持自然。矫揉造作既不能给人以美感也不能持久。明智的夫妻都力求使对方保持自然状态。而有的男人却总想用自己的意志改变对方，强加给对方一些自己的兴趣和思想。这是多么愚蠢！如果对方与你理想中的爱人相差甚远，就放弃她。然而，既然你选择了她，就应该让她保持自己的个性，发挥她的特长。爱情与友谊一样，只有生活在能够与之自然相处、无需做作的伴侣身边，你才会感到愉快。

明智的恋人应注意将他们的约会安排在自然美的环境之中。这就是人们做新婚旅行的原因。当然，不一定要出去很远。情意绵绵的女人能够凭直觉创造出自己的环境。有些女人具有令人喜爱的本领，她们善于猜测恋人什么时候喜欢两个人单独在一起，什么时候想去听音乐会或出去散步。在爱情生活中，女人较深深陷入社会生活之中的男人起着更为重要的作用。

男方要想使和谐的气氛与动人的温情长期保持下去，就应该掌握女方的心理特点，要了解感情在她们心中所占的重要位置。最最愚蠢的莫过于，男人因某种哲学或某种理论而居高临下地轻视女人的思想。其实，女人的思想虽然与男人不同，然而，她们比男人要具体、简洁、明智得多。

情人间的小冲突，常常要靠温存、沉默和忍耐来解决，而说理往往无济于事。不要忘记，女人，在她一生中大部分时间内，比男人更容易受情绪的支配。如果在产生矛盾时，男人总是把女方情绪上的波动看做是存心与他作对，他就会因这短暂的争吵破坏一种十分和谐并且可以更加完美的结合。让我们把女人思想的波动与大海的浪潮作个比喻。这种比喻也许有点老生常谈，但是它是正确的。明智的丈夫应该永远胸怀宽广。就像暴风雨中水手，解帆、等待、期望。风暴不能影响他对大海的热爱。

西尔薇的爱情

[意大利]邓南遮

　　西尔薇（带着昏晕而且断续的声音）：不要了，不要再说了！我的心不能支持了。你把快乐闷塞我了。我曾经只希望从你那里来的一个字，只要一个，不要别的；现在你忽然间用爱的洪水浸润我，充满我的每一条血管，把我抬到希望的那面，你超过了我的梦想，你给了我出乎希望之外的幸福。哦，说什么我的悲哀？那些受了的悲哀，那些抑制下去的沉默，那些眼泪，那些微笑，现在在这个把我带去的洪水面前，算得什么呢？我似乎现在觉得，为了你，为了你，我很抱歉不能忍受更多的痛苦。也许我没有达到悲哀的深处，但是我知道我已经达到了幸福的高潮了。（她盲目地抚弄他的头，似乎跪下的样子。）起来，起来！走进我的心来，靠在我的身上，让我抚慰你，紧压我的手在你的眼皮上，莫作声，去梦想，去唤回你的生命中的深沉的力。

　　啊，你应该爱的不只是我一个人，不只我一个人，还有我对你的爱：爱我的爱！我并不美丽，我是不值得你的眼睛的顾盼的，我是阴影中卑下的动物，但是我的爱情是神奇的，她是在高处，她是孤独的，她和白天一样确定，她比死更强，她能够做出一种奇绩；她将给你所要求她的一切。你可以要求她永没有希望过他的东西。（她拖引他到她的心旁，抬起他的头。他的眼睛闭着，嘴唇紧合着，他的脸面死一样的苍白，他被情绪所陶醉，变成四肢无力了。）起来，起来！走近我的心来；靠在我的身上。你不觉得你不能把你自己给我吗？你不觉得世界上没有一样东西比我的心胸更确实的吗？你不觉得你永远能够找到他吗？哦，我有时想这种确定也许可以像光荣一样沉醉你吧。（他仰面跪在她的前面；她用双手向后推开他的头发，使他的前额完全露出。）美丽的，坚强的前额，封固了的并且赐福了的！希望一切春天的幼芽都在你的思想中醒来！

友谊爱情间的秘密

[埃及]艾哈迈德·巴哈加特

艾哈迈德·巴哈加特，生年不详，埃及当代散文家，评论家。其散文、杂文、评论文章等已有多部结集出版。

友谊与爱情的区别，一如太阳与月亮的区别，太阳是友谊，月亮是爱情。太阳是一种产生生命、帮助劳作的力量；月亮引动你的幻想，也许以无名的烦恼和不解的惆怅激发你的心灵。友谊的法则是众所周知的，固定不变的。但爱情的法则是常变的，就像时增时减变幻莫测的月亮。朋友属于困难时刻；爱情则如同一杯裹着痛苦的蜜。

友谊是一棵生长了百年的大树，好似那长命百岁的老桑树。爱情，则是一朵花，像那木兰花。它是一朵很珍贵的花，只能活两天，死亡的柠檬色斑锈悄悄潜入它的花心。

友谊比爱情的斗篷宽敞，它能容纳下五个或六个人。可是爱情的斗篷狭窄得只能容得下两个人，第三个被认为是无缘的。

在每一份友谊中，都有一点被认为是来自爱情，在爱情中却只有极少极少的友谊。当爱情转向友谊时，它是可悲的，因为这意味着我们进入了第一冰川时代。在大海凝固冻结的时候，太阳的恋情还没有开始。

我曾尝试过没有饭吃或没有烟抽和没有钱花的生活，但我绝对没有体验过没有友谊或爱情的生活。当我的一个朋友去世时，我感到我的存在的一部分死去了。当我的一部爱情故事终结时，我感到我存在的一部分已经重新诞生了。人类的智慧开始于被爱者的某一新形象的册页中，一个你本应构成却未构成的形象。在爱情中没有比这更残酷的了，你为你所爱的人画了一张像，你要求他弯下血肉的颈项，向你所选择的想象中的崇高性和唯一性低头认错。

在阿拉伯古代文学中，有关爱情的书大大超过有关友谊的书，尽管爱情在世上的数量要少于友谊的数量。也许有关爱情的书多，正是由于爱情少，情人们感觉他们需要补偿的缘故吧！在爱情中有某些嫉妒成分，足以在新的明月出现时让世界的天空一半倾斜。但在友谊中，有某些被爱情王子们视作怯懦到顶的成分，它们却能使朋友间很好地互助。

友谊是一位男子，爱情是一位女郎。二者的结合意味着把二人逐出天国。现在，我将缄默，以便揭示爱情和友谊的一个秘密。——这秘密不能言传，只能在沉默中意会。

瞬　间

[苏联]邦达列夫

邦达列夫（1924—），苏联作家。作品体现了"战壕真实"的创作倾向，以"永恒的和平与幸福"为主题。代表作有《两个人》《寂静》等。

她紧紧依偎着他，说道：

"天啊，青春消逝得有多快！……我们可曾相爱还是从未有过爱情，这一切怎么能忘记呢？从咱俩初次相见至今有多少年了——是过了一小时，还是过了一辈子？"

灯熄了，窗外一片漆黑，大街上那低沉的嘈杂声正在渐渐地平静下来。闹钟在柔和的夜色中滴答滴答地响个不停，钟已上弦，闹钟拨到了早晨六点半（这些他都知道），一切依然如故。眼前的黑暗必将被明日的晨曦所代替，跟平日一样，起床、洗脸、做操、吃早饭、上班工作……

突然，他有一种奇怪的感觉，似乎这脱离人的意识而日夜运转的时间车轮停止了运动，他仿佛飘飘忽忽地离开了家门，滑进了一个无底的深渊。那么既无白昼，也无夜晚，既无黑暗，也无光亮，一切都无须记忆。他觉得自己已变成了一个失去躯体的影子，一个看不见、摸不着的隐身人，没有身长和外形，没有过去和现在，没有经历、欲望、夙愿、恐惧，也不知道自己已经活了多少年。

刹那间他的一生被浓缩了，结束了。

他不能追忆流逝的岁月、发生的往事、实现的愿望，不能回溯青春、爱情、生儿育女以及体魄健壮带来的欢乐（过去的日子突然烟消云散，无影无踪。）他不能憧憬未来——一粒在浩瀚的宇宙中孤零零的、注定要消失在黑的空间的沙土是否也有同样的感受呢？

然而，这毕竟不是一粒沙土的瞬间，而是一个上了年纪的人在他心衰力竭的刹那间的感觉。由于他领会到并且体验了老年和孤寂向他启开大门时的痛苦，一股难以忍受的怜悯之情油然而生。他怜悯自己，怜悯这个他深深爱恋的女人。

他们朝夕相处，分享人生的悲欢，没有她，他不可能设想自己将如何生活。他想到，妻子一向沉着稳重，居然也叹息光阴似箭，看来失去的一切不仅仅是与他一人有关。

他用冰冷的嘴唇亲吻了她，轻轻地说了一句："晚安，亲爱的。"

他闭眼躺着，轻声地呼吸着，他感到可怕。那通向暮年深渊的大门敞开的一瞬间，他想起了死亡来临的时刻——而他的失去对青春记忆的灵魂也就将无家可归，漂泊他乡。

深　夜

[苏联]蒲宁

蒲宁（1870—1953），苏联作家。文笔细腻，长于抒情。十月革命后流亡法国，并于1933年以法国作家身份获诺贝尔文学奖。代表作有《冬苹果》等。

这是一个梦呢，还是像梦境似的神秘的夜间生活？我感觉到忧郁的秋月老早就在天空徘徊，已经是该摆脱白天的一切虚伪和忙乱而休息的时刻了。似乎整个巴黎，包括它最贫困的角落，都已沉入了睡乡。我睡了很久，最后，睡眠慢慢地离开了我，仿佛一个不慌不忙的关切的大夫做完自己的手术，看到病人已能均匀地呼吸，睁开眼睛，为生命得到恢复而羞怯地、愉快地微微一笑，就离开了病人。我醒来，睁开眼睛，看到自己处身在宁静、明亮的夜的王国。

我在五层楼自己的房间里，沿着地毯悄没声儿地走到窗口。我有时看看光线微弱的宽大的房间，有时通过窗子上边的玻璃看看月亮。月亮把光线洒在我身上，我举目仰望，久久地看着它的脸庞。月光穿过淡白色的花边窗帘，给房间深处添加了一丝微光。在房间里边是看不见月亮的。可是房间的所有四扇窗子都被月光映得很亮，窗边的一切东西也同样照得清清楚楚。月光穿过窗子照在地上，形成几个浅蓝色、银白色的拱形图案，每一个图案中都有一个由朦胧的阴影构成的十字架，但图案投在圈椅和椅子上，这十字架就柔和地折断了。靠边的一扇窗子旁边的圈椅里，坐着我所爱的人——她穿着一身白色衣服，模样像一个小姑娘，面色苍白而美丽，由于我们所经受的一切事情，由于经常使我们反目成仇的一切事情，她已经疲惫不堪了。

这一夜她为什么也不睡呢？

我避免接触她的目光，坐在同她并排的窗台上……是的，夜已深了——对面房屋的整个五层楼墙壁全被阴影笼罩着。那里的窗子露出一个个黑洞，像是失明的眼睛。我朝下看看——街道像是深深的、狭窄的小巷，光线也很昏暗，空无人迹。整个城市也是如此。只有那朦胧的月亮，斜挂在天空，慢慢地移动，有时又久久地躲藏在烟雾般飘动的云朵里，一动不动，只有它孤单单的、清醒地守在城市上空。它直照着我的眼睛，光艳夺目可是有点儿亏蚀，因此显得楚楚可怜。薄云轻烟似的在它旁边飘动。在月亮旁边，云也显得很亮，像融化了似的，稍远一点，就变得浓厚了，而在屋脊后面，就完全积成阴森的、沉甸甸的一堆了……

我很久没看见月夜的景色了！我的思潮又回到童年时代，在中俄罗斯丘陵起伏、树木稀少的草原上的，逍遥的、几乎遗忘了的秋夜。那里，月亮在我故家的屋檐下窥视着，那里，我第一次认识并且爱上了它温和的、苍白的脸庞。我在想象中离开了巴黎，霎时间依稀看见了整个俄罗斯，仿佛站在高出之巅俯视着一片辽阔的低地。看，这是波罗的海金波粼粼的荒凉的海面；看，这是在昏暗中向东方延伸的阴沉的松树林；看，这是稀疏的森林、湖泊、小树林；这下面，往南，是一望无际的田野和平原。森林中铺着长达数百俄里的铁轨，在月光下发出暗淡的光线。沿铁路线闪烁着睡眼惺忪的五颜六色的小灯，一盏接一盏，一直伸向我的故乡。在我面前是一片丘陵起伏的田野，田野里有一幢古老的、灰色的住房，在月光下显得破旧而温柔……儿时曾经照进我的房间，后来又看我变成为少年，而现在又和我一起伤悼我那不幸的青春的，难道就是这个月亮吗？是它在这个明亮的夜的王国给予我安慰吗？

"你为什么不睡觉？"我听到一个胆怯的声音。

经过长久的、固执的沉默之后，她首先同我讲话，使我心中感到既痛苦，又甜蜜。我低声回答："不知道……你呢？"

我们又长时间地沉默着。月亮明显地往屋角那边落下去了，月光已经深深地照进我的房间。

"原谅我吧！"我走近她身边说。

她没有回答，用双手捂住了眼睛。

我握住她的手，把它从眼睛上挪开。她的脸颊上挂着泪水，眉毛举得高高的，抖动着，像是孩子的眉毛。我跪在她脚下，把脸紧贴在她身上，任凭自己的眼泪和她的眼泪不停地淌下来。

"难道这是你的过错吗？"她不好意思地低声说，"难道这不全是我的过错吗？"

她破涕而笑，又快乐又痛苦地笑着。

我对她说，我们两人都有过错，因为我们两人都破坏了在世界上愉快地生活所必须遵循的准则。我们又相爱着，像那些一起经受过痛苦、一起感到过迷惘，而后来又一起找到难能可贵的真理的人们一样地相爱着。只有这苍白的、忧郁的月亮看到我们的幸福。

当我不在世的时候

[俄国]屠格涅夫

伊凡·谢尔盖耶维奇·屠格涅夫（1818—1883），俄国批判现实主义小说家、诗人和剧作家。屠格涅夫是19世纪俄国有世界声誉的现实主义艺术大师。他的小说不仅迅速及时地反映了当时的俄国社会现实，而且善于通过生动的情节和恰当的言语、行动，通过对大自然情境交融的描述，塑造出许多栩栩如生的人物形象。他的语言简洁、朴质、精确、优美，为俄罗斯语言的规范化作出了重要贡献。

当我不在世的时候，当我过去的一切化为灰烬的时候，——你啊，我唯一的朋友,你啊,我这样深情地和这样温存地爱过的人,你,大概体验过我的痛苦的人啊,——可不要到我的坟墓去……你在那儿是无事可做的。

请不要忘记我……但也不要每日在忧虑、欢乐和困难的时候想起我……我不想打扰你的生活,不想搞乱它的平静的水流。不过在孤独的时刻,当善良的心,以那熟悉的怯懦和无缘无故的悲伤碰着你的时候,你就拿起我们爱读的书当中的一本,找到里边我们过去常常读的那些页,那些行,那些话吧,——记得吗?

有一次,我们俩涌出了甜蜜的、无言的泪水。你读完吧,然后闭上眼睛,把手伸给我……把你的手伸给一个不在世的朋友吧。

我将没能够用我的手来握它:我的手将一动不动地长眠在地下。然而,我现在快慰地想,你也许会在你的手上感受到轻轻的爱抚。

于是,我的形象将出现在你的眼前,你一双闭着眼睛的眼睑下将流着泪水,而类似这样的眼泪,被美女感动了的我,过去曾和你一起流过。你啊,我唯一的朋友,你啊,我这样深情地和这样温存地爱过的人!

玛　莎

[俄国]屠格涅夫

许多年以前,我住在彼得堡的时候,我每次坐雪车,总要和车夫谈些闲话。

我特别喜欢和那般夜间赶车的车夫谈话,他们都是近乡的贫苦农人,赶了他们的赭色的车子和瘦弱的小马到京城里来做生意,想挣得他们的饮食和主人的田租回去。

有一天我雇了这样一个车夫的车子……他是一个二十岁光景的年轻

人，高个子，身材魁梧，是一个漂亮的小伙子。他有一对蓝眼睛，和红红的面颊，他那顶窄小的破帽子盖到他的眉毛上，在帽子下面露出来他的卷成一串串小圈的亚麻色头发，他那宽大的肩头想不到却穿上一件那么窄小的外衣。

这个车夫的没有胡须的漂亮的脸上却带了忧郁、沮丧的神情。

我和他谈起话来。他的声音也是带着忧郁的。

"朋友，什么事情？"我问他道："你为什么不高兴？你有什么不如意的事？"

他起先并不回答我，后来他才说，"先生，是的，再没有比这更不幸的了。我死了妻子。"

"你爱她……你的妻子？"

这个年轻人并不掉过头看我。他只把头微微俯下去。

"先生，我爱她。已经过了八个月了……可是我还不能够忘记。真的……我的心一天天给它吃尽了……为什么她应该死呢？她年轻，又强壮。只有一天的工夫她就被霍乱症带走了。"

"她待你好吗？"

"呵，先生！"这个可怜的男子深深叹了一口气，"我和她在一块儿过得多么快活！她不等我回家就死了！你知道我刚在这儿听到那个消息，他们就已经把她安葬好了，我立刻赶回村里，回到家中。我到了那儿——已经过了半夜了。我走进我的小屋，一个人站在屋子中间低声唤着：'玛莎，喂，玛莎！'没有一声回应，我只听见蟋蟀的哀叫。——我不觉哭起来，就坐在地上，用我的拳头打着地面，我说：'你这贪吃的土地，你吞了她……把我也吞下去吧！'啊！玛莎……"

"玛莎！"他突然放低声音再唤了一次。他依旧拉住缰绳不放松，一面却用袖子揩去了眼角的泪，他挥着袖耸了耸肩，就不再作声了。

我下车的时候，多给了他卜五个戈贝。他双手捧着帽子，对我深深鞠了一躬，便踏着荒凉的街上的积雪，在寒冷的正月的浓雾里缓缓地驱车走远了。

匆　匆

[中国]朱自清

　　燕子去了，有再来的时候；杨柳枯了，有再青的时候；桃花谢了，有再开的时候。但是，聪明的，你告诉我，我们的日子为什么一去不复返呢？——是有人偷了他们罢：那是谁？又藏在何处呢？是他们自己逃走了罢：现在又到了哪里呢？

　　我不知道他们给了我多少日子；但我的手确乎是渐渐空虚了，在默默里算着，八千多日子已经从我手中溜去；像针尖上一滴水滴在大海里。我的日子滴在时间的流里，没有声音，也没有影子。我不禁头涔涔而泪潸潸了。

　　去的尽管去了，来的尽管来着；去来的中间，又怎样地匆匆呢？早上我起来的时候，小屋里射进两三方斜斜的太阳。太阳他有脚啊，轻轻悄悄地挪移了；我也茫茫然跟着旋转。于是——洗手的时候，日子从水盆里过去；吃饭的时候，日子从饭碗里过去；默默时，便从凝然的双眼前过去。我觉察他去的匆匆了，伸出手遮挽时，他又从遮挽着的手边过去；天黑时，我躺在床上，他便伶伶俐俐地从我身上跨过，从我脚边飞去了。等我睁开眼和太阳再见，这算又溜走了一日。我掩着面叹息。但是新来的日子的影儿又开始在叹息里闪过了。

　　在逃去如飞的日子里，在千万户的世界里的我能做些什么呢？只有徘徊罢了，只有匆匆罢了；在八千多日的匆匆里，除徘徊外，又剩些什么呢？过去的日子如轻烟，被微风吹散了，如薄雾，被初阳蒸融了；我留着些什么痕迹呢？我何曾留着像游丝样的痕迹呢？我赤裸裸来到这世界，转眼间也将赤裸裸的回去罢？但不能平的，为什么偏要白白走这一遭啊？

你聪明的，告诉我，我们的日子为什么一去不复返呢？

背　影

[中国]朱自清

我与父亲不相见已二年余了，我最不能忘记的是他的背影。那年冬天，祖母死了，父亲的差使也交卸了，正是祸不单行的日子，我从北京到徐州，打算跟着父亲奔丧回家。到徐州见着父亲，看见满院狼藉的东西，又想起祖母，不禁簌簌地流下眼泪。父亲说，"事已如此，不必难过，好在天无绝人之路！"

回家变卖典质，父亲还了亏空；又借钱办了丧事。这些日子，家中光景很是惨淡，一半为了丧事，一半为了父亲赋闲。丧事完毕，父亲要到南京谋事，我也要回到北京念书，我们便同行。

到南京时，有朋友约去游逛，勾留了一日；第二日上午便须渡江到浦口，下午上车北去。父亲因为事忙，本已说定不送我，叫旅馆里一个熟识的茶房陪我同去。他再三嘱咐茶房，甚是仔细。但他终于不放心，怕茶房不妥帖；颇踌躇了一会。其实我那年已二十岁，北京已来往过两三次，是没有什么要紧的了。他踌躇了一会，终于决定还是自己送我去。我两三回劝他不必去；他只说，"不要紧，他们去不好！"

我们过了江，进了车站。我买票，他忙着照看行李。行李太多了，得向脚夫行些小费，才可过去。他便又忙着和他们讲价钱。我那时真是聪明过分，总觉他说话不大漂亮，非自己插嘴不可。但他终于讲定了价钱；就送我上车。他给我拣定了靠车门的一张椅子；我将他给我做的紫毛大衣铺好座位。他嘱我路上小心，夜里要警醒些，不要受凉。又嘱托茶房好好照应我。我心里暗笑他的迂；他们只认得钱，托他们真是白托！而且我这样大年纪的人，难道还不能料理自己么？唉，我现在想想，那时真是太聪明了！

我说道，"爸爸，你走吧。"他往车外看了看，说，"我买几个橘子去。你就在此地，不要走动。"我看那边月台的栅栏外有几个卖东西的等着顾客。走到那边月台，须穿过铁道，须跳下去又爬上去。父亲是一个胖子，走过去自然要费事些。我本来要去的，他不肯，只好让他去。我看见他戴着黑布小帽，穿着黑布大马褂，深青布棉袍，蹒跚地走到铁道边，慢慢探身下去，尚不大难。可是他穿过铁道，要爬上那边月台，就不容易了。他用两手攀着上面，两脚再向上缩；他肥胖的身子向左微倾，显出努力的样子。这时我看见他的背影，我的泪很快地流下来了。我赶紧拭干了泪，怕他看见，也怕别人看见。我再向外看时，他已抱了朱红的橘子往回走了。过铁道时，他先将橘子散放在地上，自己慢慢爬下，再抱起橘子走。到这边时，我赶紧去搀他。他和我走到车上，将橘子一股脑儿放在我的皮大衣上。于是扑扑衣上的泥土，心里很轻松似的，过一会说，"我走了；到那边来信！"我望着他走出去。他走了几步，回过头看见我，说，"进去吧，里边没人。"等他的背影混入来来往往的人里，再找不着了，我便进来坐下，我的眼泪又来了。

近几年来，父亲和我都是东奔西走，家中光景是一日不如一日。他少年出外谋生，独立支持，做了许多大事。哪知老境却如此颓唐！他触目伤怀，自然情不能自已。情郁于中，自然要发之于外；家庭琐屑便往往触他之怒。他待我渐渐不同往日。但最近两年的不见，他终于忘却我的不好，只是惦记着我，惦记着我的儿子。我北来后，他写了一信给我，信中说道，"我身体平安，惟膀子疼痛利害，举箸提笔，诸多不便，大约大去之期不远矣。"我读到此处，在晶莹的泪光中，又看见那肥胖的，青布棉袍，黑布马褂的背影。唉！我不知何时再能与他相见！

寂　寞

[中国]鲁彦

鲁彦（1901—1944），原名王衡臣，又名王衡、王鲁彦。现代小说家、翻译家。主要作品有短篇小说集《柚子》《黄金》《童年的悲哀》等。

忽然回忆起往日，就怀念到寂寞，起了惆怅之感。

在那矗立的松树下，松软的黄土上，她常常陪着我坐着，不说一句话。我从稀疏的枝叶织成的蓝网间，望着天空的白云，看见了云的流动，看见了它所给予枝叶的各种奇特的颜色。我想知道这情景给予她的是些什么，但她只是闭着口，静默着连眼睛也不稍微向我动一下。

我站起来，向着那斜坡上的小径走去，她也跟了走来，我默默地数着自己的脚步，轻声踏着地上的沙砾。我仿佛听见了一种切切的密语。我想问她听见了一些什么，但她只是低着头在后面跟着，仿佛没有看见她前面的人，只是静默着。

我停在一个坟墓的前面，望着它顶上战栗着的那些小草。我仿佛看见了那里有人走过。我记不起那熟识的影子是谁。我想问她，但她转过身去，用背对着我，只是静默着。

我走到了一道小河的旁边，我就坐在那木桥的一头。她也在我旁边坐了下来。我静静地望着那流水，那浮萍，倾听着小鱼的跳跃声，想到了很多很多的事情。我感到了抑郁，从心底里哼出了不可遏抑的叹息。但她没有听见似的，全不安慰我，也不问我。我看见了自己的影子，我哭了。我的眼泪落到流水上，发出响亮的声音，流水涌了起来，滚到了我的脚边。

我发了狂，我想走下去，因为我爱那流水。但是她毫不感到恐惧，她仿佛完全不知道我想的什么。她只是低着头，合着眼，闭着嘴，静默着，静默着。

我对她起了厌恶，我走了，我不准她再跟着我，我把她毫不留情地推了出去。我离开她走到了很远很远的地方。我发誓永不再见她。

但是那矗立的松树和松软的黄土，那斜坡的小径的沙砾和那坟墓上的小草，以及那流水，木桥，浮萍和我太熟识了，我几乎能够数出它们的每一根纤维，它们和我是那样地亲切。

我愿意再回到那里和它们盘桓，再让寂寞陪伴着我！

脆弱的器皿

[日本]川端康成

川端康成（1899—1992），日本著名小说家。成名作为中篇小说《伊豆的舞女》。其他主要作品有《雪国》《千只鹤》《古都》等。1968年获诺贝尔文学奖。

镇上的十字路口开设了一家古董店。店铺和马路的接合处，立着一尊瓷观音像。约莫像十二岁的少女一般高。电车驶过，观音冰冷的身躯，伴同商店的玻璃门一起微微颤动。每次从像旁走过，我总是觉得一阵轻微的神经痛，担心这尊观音像会不会倒在马路上……于是，我做了一个梦。

观音的身躯笔直地向我倒将过来。

她冷不防地伸出那双修长、丰盈而白皙的垂下的胳膊，搂住了我的脖颈。这两只无生命的胳膊变成有生命的部分，实在令人生畏；加上接触到冰冷的瓷像的肌肤，我连忙躲闪开了。

观音像倒在地上，粉碎了，却听不见响声。

于是，她把碎片捡了起来。

她缩成一团地蹲在那里，忙不迭地收拾散落一地的光闪闪的陶瓷碎片。

她的倩影的出现，使我震惊不已。我抱着近乎辩解的心情刚要开口说话，就猛然惊醒过来了。

这一切都好像是在观音像倒下的一瞬间发生的。

我试图给这个梦增添一点什么意义。

待她们（指妻子——编者注）有如较为脆弱的器皿。

那阵子《圣经》上的这句话，经常在我的脑海里萦回。"脆弱的器皿"常常使我联想起陶瓷器皿来，进而联想起她。

我是这样想的：年轻女子的确容易毁坏。有一种观点是，恋爱本身也意味着毁坏年轻女子。

在我的梦中，她不是正在忙不迭地收拾她自己毁坏了的碎片吗？

走向火海

[日本]室生犀星

室生犀星（1889—1962），日本诗人、小说家。作品充满了真挚之爱和自然之情。代表作有《忘春诗集》《蜜之哀》等。

远方，湖水闪烁着微光，是一片恍如月夜所见的旧庭院浊泉的颜色。

湖水对岸的林子在静静地燃烧着。火势眼看着蔓延开去，是山火。

在岸上奔驰的活像玩具似的消防车，鲜明地倒映在水面上。

黑压压的人群向高坡爬上来，望不见尽头。

我察觉到四周的气氛是明朗的，宁静得像干涸了似的。

高坡下的闹市一带，是一片火海。

——她轻快地拨开拥挤的人群，独自走下高坡。从坡上往下走的，唯有她一人。

这是一个不可思议的无声的世界。

看到径直走向火海的她，我感到无法忍受了。

这时，我不是用语言，而是用心灵同她进行实实在在的交谈了。

"为什么唯有你一人走下高坡？是想被烧死吗？"

"我不想死。不过，你家在西边，所以我要向东走。"

成了一个黑点的她的姿影，跳进了一片火海的我的视野里，我感到犹如针扎眼睛般的疼痛。我从梦中惊醒了。

眼角上流淌着泪水。

我早已知道她会说，她不愿意向我家的方向走。她爱怎么想都可以。可是在我这方面，在理性的鞭笞下，对于她对我的感情已彻底冷却，我表面上已经死心，实际上还是一厢情愿地单相思：在她的感情的某个角落里，还有垂青于我的一滴。当然，这与现实的她毫无关系。我也曾无情地嘲笑过自己，然而暗中却依然希望自己这样存在下去。

既然做着这样的梦，难道我自己心灵上的每个角落都确信她对我的好意已经荡然无存了吗？

梦是我的感情，梦中她的感情，是我虚构的——那是我的感情。再说梦中的感情是不会逞强或虚饰的啊！

想起这些，我万分寂寥。

报春花

[日本]壶井荣

壶井荣（1900—1967），日本女作家。作品大都以故乡小豆岛的风俗人情为背景，语言朴素、流畅。主要作品有童话《萝卜叶》、中篇小说《历》《二十四只眼睛》等。

路过花店，檐头底下见到一盆报春花，不觉拿上手里来欣赏。这不是因为在东京这样的闹市里，见到报春花，觉得真稀罕，而为的是我怀恋起很久以前，孩子时候，在家乡的山野里见惯的报春花。花店老板娘以为我要买，出来招呼，我只得道歉说，回来买吧，就走开了；可是萦回着报春花，追慕我母亲的声容，往事有如泉水一般涌上心头来。

母亲有时背着柴火，有时背着茅草，老是在傍晚的山路里，迈着疾步回家。现在我才领悟到：看来总是那么轻快的脚步，全是为了惦记家里等着吃奶的婴孩。母亲这样在山路上奔走，直到她累得倒下来的前一天。

每天母亲从山上或是地里回来，我总哄着饿得哭闹的小妹妹，在半路迎上去。刚到地藏仙跟前，母亲就"哦，哦"喊着，加快一步赶过来。有时妹妹哭得厉害，母亲等不及到家，就把背子往地边石帮上一靠，急忙解开胸襟。她舔湿了指头，一揉那饱胀的乳房，就像水枪似的滋出奶来，娘儿俩都乐得欢笑起来。母亲的皮肤真白，通年脸色晒得像小麦，却这么肌理细腻，柔软得好像糯米饽饽。也许只是乳房，我怎么也不信母亲全身都是这样的。因为母亲的奶水尽管足得像水枪似的滋出来，但她背子里的却老插有一株报春花；而村里人叫它做荷克理的报春花，乃是治皱裂口子的灵药，母亲也爱用它。

不仅是我母亲，所有穷苦的山农渔户人家的主妇，每逢好天，一年里多一半的日子都在山里地里过。只是偶然去拉个大网，才吃上一口有蛋白质的东西，全靠身体做本钱的主妇们，一个劲儿光是消耗着肉体。我那生孩子过多的母亲，更是瘦得油枯脂干的，一过夏天，就常年闹起手脚裂口子来。尽管奶足得像水枪似的滋出来，但凉风一起，就得防护脚心，从冬月、腊月，直到正月、二月，四十岁的母亲便痛得直喊阿唷哇。用什么治呢？便是这报春花了。把报春花的球根捣烂、剔去筋，和饭粒儿捏，捏到发黏，填进裂口里。

"瞧，有娃娃的嘴那么大呀！"

母亲常这么夸张她的皲裂口。她用荷克理填满手脚上张开的好些"娃娃嘴"，从纸拉门上撕下一小块、一小块的纸来贴在上面，母亲的脚跟就成了纸糊的了。

皲裂口也是个预报气候冷暖的东西。

"说不定要下雪啦，今儿晚上裂口痛得厉害哩。"母亲这样说。

操劳，操劳，一辈子非得辛辛苦苦操劳不能生活过来的穷苦母亲，尽管手脚上的裂口里渗出血来，母亲的乳房还是光滑的，难道所谓母性就是这样的么？母亲得了脑充血躺下来的时候，她的第十个孩子还没有离奶呢。她气得捶打着半身不遂的手脚，好像就是手脚犯了罪，不住地叨咕：

"这只手，这只脚，竟不听我使唤了，多么气人呀！"

母亲躺得日子多了，她的手脚也变得好看了，好像贵族小姐似的，她从此倒不再同荷克理打交道了。

如今，已经过了三十多年的岁月。我偶然在东京在街上发现了报春花，不由回忆起把它叫做荷克理的往日，想到母亲在抚养十个孩子的岁月里不知道牺牲了多少报春花的生命，然而我正如面对了我那穷苦的母亲，不禁对报春花发生了亲密的情感。

天各一方

[印度]泰戈尔

泰戈尔（1861—1941），印度作家、诗人和社会活动家。主要作品有诗集《新月集》《飞鸟集》《园丁集》等。其散文充满了诗情，清新明丽。

你送来新鲜生活的美好形象，送给我心房第一阵惊喜和血液中第一阵激浪。

朦胧的爱情的甘甜，好像黎明缀有金饰的黑色面纱，排斥着纯洁目光的交换。

那时心林的鸟啼还不大胆，绿叶的飒飒声时而响起，时而平息。

人丁兴旺的家庭里，神不知鬼不觉建造了我们俩幽秘的世界。

有如燕子营巢用的是草屑，我们世界的建筑材料也很普通，不过是流动的时辰，飘浮的怀念。

但它的价值在于共建，而不在于材料。

后来我从我们俩的航路上不慎落入水中，一个人凄凉地漂流；你怔怔地坐在对岸的沙滩上。

写作，娱乐，你我的双手，从此没有机会配合。

我们生活的纽带断为两截。如同潮汐身后袭来的强大台风，一刹那间抹去平如明镜的大海的背景上绿岛的肖像，你我苦乐的新芽萌发的稚嫩的世界，轰隆一声塌为一片废墟。

数十年弹指间逝去。

暴雨将临的黄昏，我在心里见你全身依然洋溢着青春的活力。你依然拥有灵秀的韵华。

你春天的芒果花，依然散发沁人心脾的芳香，如今正午的杜鹃，和你那时一样凄婉地啼鸣。

我对你的回忆融合在年年岁岁的自然景色里。

你纤柔的身姿，深深地印在不可撼动的土地上。

我的生活之河没有停止流动。

在崎岖的山路上，在险恶的深谷里，在善恶、矛盾、对抗之中，我照样憧憬、思考、求索，有成就，也有挫折，走到了远离你熟稔的疆域的地方；在你眼里是异乡人。

今日的黄昏，你若坐在我跟前，会发现我迷离的目光滑过青翠的林径，飞往高渺天海的岸边。

你会坐在我身边悄声倾吐你那天未倾吐的心里话？

但此时巨浪在咆哮，兀鹰在怪叫，乌云在轰鸣，娑罗树浓密的枝梢剧烈摇摆。

有关你的信息，仍在旋涡急转的疯狂的海面上漂荡的纸船里。

那时你我的心息息相通，谱写一支支新歌，分享最初创作成功的喜悦。

我感到你我的关系，实现了几个时代的夙愿，每天新鲜的阳光，似太初睁开眼睛的星星。

我乐器的弦丝，已增加了几百倍，没有一根是你熟悉的，你练习的乐曲，在这弦上会感到羞愧。当年抒发感情的乐谱，终究要被揩尽。

而我的眼眶仍不禁涌满泪水。

我弦琴的魔力来自你纤指最早的抚摸。

是你首先从绿岸将少年的轻舟推入人世之河，轻舟才扬帆远航。如今我在河中央一唱起渔歌，你的名字便和歌声一起荡漾。

恶邮差

[印度]泰戈尔

你为什么坐在那边地板上不言不动的？告诉我呀，亲爱的妈妈。

雨从开着的窗口打进来了，把你身上全打湿了，你却不管。

你听见钟已打了四下么？正是哥哥从学校里回家的时候了。

到底发生了什么事，你的神色这样不对？

你今天没有接到爸爸的信么？

我看见邮差在他的袋里带了许多信来，几乎镇里的每个人都分送到了。

只有爸爸的信，他留起来给他自己看。我确信这个邮差是个坏人。

但是不要因此不乐呀，亲爱的妈妈。

明天是邻村市集的日子，你叫女仆去买些笔和纸来。

我自己会写爸爸所写的一切信，使你找不出一点儿错处来。

我要从A字一直写到K字。

但是，妈妈，你为什么笑呢？

你不相信我能写得像爸爸一样好？

但是我将用心画格了，把所有的字母都写得又大又美。

当我写好了时，你以为我也像爸爸那样傻，把它投入可怕的邮差的袋中么？

我立刻就自己送来给你，而且一个字母一个字母地帮助你读。

我知道那邮差是不肯把真正的好信送给你的。

爱

[智利]聂鲁达

聂鲁达（1904—1973），智利诗人。主要作品有《诗歌总集》等。1931年获诺贝尔文学奖。

因为你，当我伫立在鲜花初绽的花园旁边时，春天的芬芳使我痛楚。

我已忘却你的芳容，也不记得你的纤手，更不记得你的朱唇如何亲吻。

因为你，我喜爱睡卧在公园里的白色雕像，那些白色的雕像默默无声，两眼一无所见。

我已忘却了你的声音——你欢乐的声音；我已忘却你的双眸。

有如鲜花离不开芳香，我割不断对你的朦胧记忆。我就像一处一直在疼痛的创伤，只要你一加触碰，立刻会使我遭受莫大的伤害。

你的脉脉柔情缠绕着我，有如青藤攀附着阴郁的大墙。

我已忘却了你的爱，可我却从每一个窗口里隐约地看到你。

因为你，夏季沉闷的气息命名我痛楚。因为你，我又去留意燃起欲望的种种标志，去窥视流星，去窥视一切坠落的事物。

灵魂之翼

我眼看生命的时光无多，我就愈想增加生命的分量。我想靠迅速抓紧时间，去弥补匆匆流逝的光阴。剩下的生命愈是短暂，我愈要使之过得丰盈饱满……留住稍纵即逝的日子；我想凭时间的有效利用去

Linghunzhiyi

天　国

[美国]海伦·凯勒

海伦·凯勒（1880—1968），美国著名的聋盲女作家、教育家。主要作品有自传体著作《我生活的故事》等。

在我心灵的天空中，信心之光永不黯淡。当我想象从尘世梦里醒来，却有身处天国的感觉，那滋味的美妙犹如从骇人恼人的噩梦中醒来，恰好有张可爱的脸正朝着你微笑一样，几多甘甜和欣慰，心态得以平衡。我一直以为，并且从没有动摇过，我所失去的每个亲人、朋友，都是尘世和那个早晨醒来时的世界之间的新的联系者，虽然我已无法听见他们亲切的话语，虽然我心中还有未散发的悲切，然而我又不禁为他们备感高兴。

我不能理解为什么人会害怕死亡，死其实不足畏。尘世的喧嚣生活，支离破碎又寡淡乏味，而死去则是永恒的生命，是一种重逢及和谐。明白这一点，我们又何乐而不为呢，又何必悲悲切切呢！我在想，假如我的双眼在未来的世界上可以睁开，我只需生活在我心目中的乡村就已觉得心满意足，我坚定的思想，使我不听话的眼睛不把视线投向那些转瞬之间即逝即变的景物。

如果我那些先我而去的亲人、朋友有百万分之一的机会可以活下去，那我绝无二话，甘冒万死之风险去争取这样的机会，而不会因犹豫、迟疑让他们的灵魂不安或有怨言。一旦事后发现并非如此，我将尽量不在离去者的欢乐上投下阴影，因为还有一个不朽的机会。我有时想，天上人间，究竟谁最需要欢娱，是地上的探索者还是那些已在上帝的庇护下观望天下的人？如果都是靠了一个太阳，在尘世的阴影下想象，那黑暗的感觉将是何等真切!

如果我们为崇高、纯洁的情和爱所感动，想起已逝去的人，心内顿觉无限温馨，感到有一股力量在缩小我们与他们之间的距离，那不啻是件美妙的事。有这种信念，就会有力量去改变死者的面貌，使不幸转变成为赢得胜利的奋斗，为那些连最后一点支持力量都已经被剥夺掉的人们点燃激励之火。如果我们深信不疑：天国就在自己心中，而不在身体之外别的什么地方，那就没有所谓的"另一个世界"，而我们所应该做的不外乎竭尽全力地去做、去爱，不断地盼望，并用此时此刻我们心中天国的绚烂多姿的光彩去照亮、去驱散我们四周的漆黑。

天国不是虚幻的，也远非世人从固有的想象中所料到的那么卑微，那是一个欢乐、祥和的实体，一个崭新的世界，那里没有自私，没有争斗，只有慈祥，只有互助。天使缓缓经过，不时抛下知识的黄金果实，让世人采用，生活在爱的氛围之中。

人生感悟

[美国]海伦·凯勒

我可谓生活在黑暗之中，而且看到了其核心部分，我也明白我的无力，但总不肯屈服于它的压迫的影响，在精神上我也许是个强者，我在晨曦中行进。

我想过：假如人人心中俱是一片黑暗，沮丧、颓废的情绪像瘟疫一样蔓延，并积累成枯枝败叶横在我的面前，我又该如何对待？在我之前也有着与我一样的路，直到现在我仍认为，人世间无论沙漠、荒原，还是翠绿的田野或果实累累的果园，都可以通向上帝的所在。

我有过不幸的过去，忍受过深深的屈辱，在现实中，在创造中我知道我的渺小。可我不甘沉溺。我爱学习就觉得自己的浅陋，也更清楚了解我所具有的感官体验之少，以及依靠仅有的感官体验应付人生之不足，因为有时候不同的人（乐观者和悲观者）的观点在我看来，在技巧上和表现形式上竟是如此的相似。而我的精神是健全的，我用自己的意志选择生命，把握住实在的、有活力的人生哲学，抗拒着虚无——这个人生的痼疾、生命的对立面。

真实的高贵

[美国]海明威

> 厄内斯特·海明威（1899—1961），美国著名作家。代表作有小说《老人与海》等。1954年获诺贝尔文学奖。

在风平浪静的大海上，每个人都是领航员。

但是，只有阳光而无阴影，只有欢乐而无痛苦，那就不是人生。以最幸福的人的生活为例——它是一团纠缠在一起的麻线。丧亲之痛和幸福祝愿，彼此相接，使我们一会儿伤心，一会儿高兴。甚至死亡本身也会使生命更加可亲。在人生的清醒时刻，在哀痛和伤心的阴影之下，人类与真实的自我最接近。

在人生或者职业的各种事务中，性格的作用比智力大得多，头脑的作用不如心情，天资不如由判断力所节制着的自制、耐心和规律。

我始终相信，在内心生活得严肃的人，也会在外表上生活得朴素。在一个奢华浪费的年代，我希望能向世界表明，人类真正需要的东西是非常之微少的。

悔恨自己的错误，而且力求不再重蹈覆辙，这才是真正的悔悟。优于别人，并不高贵。真正的高贵应该是优于过去的自己。

生命的炸药

[美国]马尔滕

马尔滕（1901—1975），美国散文作家。作品注重从理性的角度，探究人活着的意义。代表作品有《生命的炸药》。

每个人对于自己的最大的才能，最高的力量，总不能认识；只有大责任，大变化，或生命中大危难的磨炼，才能把它焕发出来。

在垄上耕种，在制革工场中工作，转运木材，做店员，在市镇上做短工，这种种境遇，都不足以唤起格兰特将军酣睡着的"伟大性"；甚至连西点军校和墨西哥战争都不能把它唤起。假使美国没有南北战争的爆发，则格兰特将军的名字，必然埋没无闻，必不能流传后世。

在格兰特将军的生命中，是有着大量动力的；然而却需要南北战争的大"撞击"，去把它激发，寻常的境遇不能触发他的酣睡着的力量，不能燃起他的生命炸药。

耕田、伐木、做铁路员、做测量员、做州议员、做律师，甚至连做国会议员，这种种境遇，都不足以燃起林肯的生命火药，爆发林肯的生命动力。只有把国家危急存亡的重任放在他的肩上，这位美国有史以来最伟大的人物之生命炸药，才爆发出来。

伟人是在"需要"的学校中训练出来的！

有人以为，假使一个青年人生来有些大本领，则这种本领，迟早总会显露出来；这真是最错误的一种观念。本领虽有，但可以显露出来，也可以不显露出来。这全视环境，全视足以唤起的自愿，唤起力量的环境之有无。生来有大本领的人，未必是同时生来有大的志愿、大的自信力的人。

把重大的责任搁在一个人的肩头，驱使他入于绝境，则情势的要求，自然能把这个人内在的全部力量发挥出来。这可能焕发出他的创造智力，焕发出他的自恃、自信力及解决困难的力量。假使在他的生命中，有些做大人物做领袖的成分，"责任"可以把它焕发出来。所以，朋友，假使有重大的责任，搁上肩头，你应当很高兴地欢迎它。它可以预言你的成功！

记住我

[美国]泰斯特

罗伯特·泰斯特（1921—1998），美国散文作家。作品以个人生命体验为主题，广泛地反映人的生存问题。代表作有《我所面对的世界》。

这天终将来临——在一所出生和死亡接踵而来的医院内，我的身躯躺在一块洁白的床单上，床单的四角整齐地塞在床垫里。在某一时刻，医生将确诊我的大脑已经停止思维，我的生命实际上已经到此结束。

当这一时刻来临时，请不必在我身上装置起搏器，人为地延长我的生命。请不要把床叫做临终之床，把它称为生命之床吧。请把我的躯体从这张生命之床上移走，去帮助他人过上更加美好的生活。

把我的双眼献给一位从未见过一次日出，从未见过一张婴儿的小脸蛋或者从未见过一眼女人眼中流露出的爱情的人；把我的心脏献给一位心肌失能、心痛终日的人；把我的鲜血献给一位在车祸中幸免死亡的少年，使他也许能看到自己的子孙尽情嬉戏；把我的肾脏献给一位依靠人造肾脏周复一周生存艰难的人。拿走我身上每一根骨头，每一束肌肉，每一丝纤维，把这些统统拿尽，丝毫不剩，想方设法能使跛脚小孩重新行走自如。

探究我大脑的每一个角落。如有必要，取出我的细胞，让它们生长，以便有朝一日一个哑儿能在棒球场上欢呼，一位聋女能听到雨滴敲打窗子的声音。

将我身上的一切燃成灰烬。将这些灰烬迎风散去，化为肥料，滋润百花。

如果你一定要埋葬一些东西，就请埋葬我的缺点、我的胆怯和我对待同伴们的所有偏见吧。

把我的罪恶送给魔鬼，把我的灵魂交付上帝。

如果万一你想记住我，那么就请你用善良的言行去帮助那些需要得到你帮助的人们吧，假如你的所作所为无负我的心，我将与世长存。

你不必完美

[美国]哈罗德·库辛

我们当然应该努力做到最好，但人是无法要求完美的。我们面对的情况如此复杂，以致无人能始终都不出错。

好几次，当我必须告诉我的孩子们我在某件事上做错了时，我多害怕他们不再爱戴我。但我非常惊奇地发现，他们因为我愿意承认自己的错误而更爱我。比较起来，他们更需要我诚实、正直。

然而，有时人们并不能正确对待自己的过失。也许我们的父母期望我们完美无缺；也许我们的朋友常念叨我们的缺点，因为他们希望我们能够改正。而他们难以谅解的是因为我们的过失总在他们最脆弱的时候触痛了他们的心。

这让我们感到负疚。但在承担过错之前，我们必须问问自己，那是否真是我们应背负的包袱。

我是从一个童话中得到启示的：一个被劈去了一小片的圆想要找回一个完整的自己，到处寻找自己的碎片。由于它是不完整的，滚动得非常慢，从而领略了沿途美丽的鲜花，它和虫子们聊天，它充分地感受到阳光的温暖。它找到许多不同的碎片，但它们都不是原来的那一块，于是它坚持着找寻……直到有一天，它实现了自己的心愿。然而，作为一个完美无缺的圆，它滚动得太快了，错过了花开时节，忽略了虫子。当它意识到这一切时，它毅然舍弃了历尽千辛万苦才找回的碎片。

这个故事告诉我们：也许正是失去，才令我们完整。一个完美的人，在某种意义上说，是一个可怜的人。他永远无法体会有所追求、有所希冀的感觉，他永远无法体会爱他的人带给他某些他一直求而不得的东西的喜悦。

一个有勇气放弃他无法实现的梦想的人是完整；一个能坚强地面对失去亲人的悲痛的人是完整的——因为他们经历了最坏的遭遇，却成功地抵御了这种冲击。

生命不是上帝用来捕捉你的错误的陷阱。你不会因为一个错误而成为不合格的人。生命是一场球赛，最好的球队也有丢分的记录，最差的球队也有辉煌的一天。我们的目标是尽可能让自己得到的多于失去的。

当我们接受人的不完美时，当我们能为生命的继续运转而心存感激时，我们就能成就完整，而别的人却渴求完整——当他们为完美而困惑的时候。

如果我们能勇敢地去爱、去原谅，为别人的幸福而慷慨地表达我们的欣慰，理智地珍惜环绕自己的爱，那么，我们就能得到别的生命所不曾获得的圆满。

让生活之泉涓涓不息

[美国]戴森

> 布里安·戴森（1945—1981），美国散文家。作品关注生活事理，试图从中给人们寻找到做人的智慧。代表作是《摆脱苦闷的生活》。

生活就像是在空中抛接五个球的游戏。这五个球分别是：工作、家庭、健康、友谊和精神。将五个球同时在空中抛接的确是一门艺术。不久你会发现：唯有工作是一个橡皮球，掉在地上还会弹起来；而其他四个球都是玻璃的，掉在地上便会留下疤痕、裂缝，或摔得粉碎，总之不可能再恢复原样。所以我们要努力保护自己的平衡，才能把它们都在手里玩得转。那么该怎样去做呢？

不要总把自己与别人比较，这样会愈看自己愈不值钱。如同你的指纹一样，世界上的每一个人都是独一无二的。

不要根据别人认为重要的东西来制定自己的追求目标，而应当努力去争取自己觉得最好的东西。

不要以为最接近自己内心的东西与生俱来，可以像自来水一样随时予取予求。要如同保护自己的眼睛一样维护它们。失去它们，你就会变成只有心脏而没有心灵的行尸走肉。

不要匆匆忙忙地过一生，以至于忘记自己从哪里来，要到哪里去。生命不是一场速度赛跑，而是一步一个脚印走过来的旅程。

不要耽于昨天或明天而任凭今天从指间流走。每一天只过每一天的日子，你总会享受到所有的日子。生命不是以数量而是以质量来计算的。

如果你还可以付出，就不该轻言放弃。直到你停止努力的那一刻，什么也没有真正结束。

不要怕承认自己并不完美，我们就是靠一根脆弱的细丝相互连在一起的。

不要怕面对风险，我们都是在闯练中学会勇敢的。

不要对自己说不可能找到爱情而就此永远关闭大门。得到爱情最快的方法是给予，失去爱情最快的方法是像对待硬币一样紧紧捂住口袋里，保持爱情最好的办法是给它插上自由的翅膀。

不要忘记：一个人最大的感情需要是得到他人的理解。

不要怕去学新的东西。知识没有重量，是可以随身携带的宝藏，没有人会被它压垮，而且愈多愈身心矫健。

昨天是历史，明天是谜语，而今天是礼物，所以在英语中我们把今天称之为Present。

玫瑰树根

[智利]米斯特拉尔

加夫列拉·米斯特拉尔（1889—1957），智利女诗人，1945年诺贝尔文学奖获得者，也是拉丁美洲第一位获此殊荣的诗人。"因为她那富于强烈感情的抒情诗歌，使她的名字成为整个拉丁美洲的理想的象征。"

地下同地上一样，有生命，有一群懂得爱和憎的生物。

那里有黧黑的蠕虫，黑色绳索似的植物根，颤动的亚麻纤维似的地下水的细流。

据说还有别的：身材比晚香玉高不了多少的土地神，满脸胡子，弯腰曲背。

有一天，细流遇到了玫瑰树根，说了下面的一番话：

"树根邻居，像你这么丑的，我从来没有见过呢。谁见了你都会说，准是一头猴子把它的长尾巴插在地里，扔下不管，径自走了。看来你想模仿蚯蚓，但是没有学会它优美圆润的动作，只学会了喝我的蓝色汁液。我一碰上你，就被你喝掉一半。丑八怪，你说，你这是干什么？"

卑贱的树根：

"不错，细流兄弟，在你眼里我当然没有模样。长期和泥土接触，使我浑身灰褐；过度劳累，使我变了形，正如变形的工人的胳臂一样。我也是工人，我替我身体见到阳光的延伸部分干活。我从你那里吸取了汁液，就是输送给她的，让她新鲜娇艳；你离开以后，我就到远处去寻觅维持生命的汁液。细流兄弟，总有一天，你会到太阳照耀的地方。那时候，你去看看我的日光下的部分是多么美丽。"

细流并不相信，但是出于谨慎，没有作声，暗忖道，等着瞧吧。

当他颤动的身躯逐渐长大，到了亮光下时，他干的第一件事就是去寻找树根所说的延伸部分。

天哪！他看到了什么呀。

到处是一派明媚的春光，树根扎下去的地方，一株玫瑰把土地装点得分外美丽。

沉甸甸的花朵挂在枝条上，在空气中散发着甜香和一种幽秘的魅力。

成渠的流水沉思地流过鲜花盛开的草地。

"天哪，想不到丑陋的树根竟然延伸出美丽！……"

善　言

[中国]梁遇春

梁遇春（1904—1932），福建闽侯人，著名作家。他的散文总数不过五十篇，但是另辟蹊径，独具一格，在现代散文史上自有其不可替代的地位。

曾子说："人之将死，其言也善。"真的，人们糊里糊涂过了一生，到将瞑目的时候，常常冲口说出一两句极通达的，含有诗意的妙话。歌德以为小孩初生下来的呱呱一声是天上人间至妙的声音，我看弥留的模糊呓语有时会同样的值得玩味。前天买了一本梁巨川先生遗笔，夜里灯下读去，看到绝命书最后一句话："不完亦完"，掩卷之后大有"为之掩卷"之意。

宇宙这样子"大江流日夜"地不断的演进下去，真是永无完期，就说宇宙毁灭了，那也不过是它的演进里一个过程罢。仔细看起来，宇宙里万事万物无一不是永逝不回，岂单是少女的红颜而已。人们都说花有重开之日，人无再少之时，可是今年欣欣向荣的万朵娇红绝不是去年那一万朵。若使只要今年的花儿同去年的一样热闹，就可以算去年的花是青春长存，那么世上岂不是无时无刻都有那么多的少男少女，又何取乎惋惜。此刻的宇宙再过多少年后会完全换个面目，那么这个宇宙岂不是毁灭了吗？所谓长生也就是灭亡的意思，因为已非那么一回事了。十岁的我与现在的我是全异其趣的，那么我也可以说已经夭折了。宗教家斤斤于世界末日之说，实在世界每一日都是末日。入世的圣人虽然看得透这两面道理，却只微笑地说"生生之谓易"，这也是中国人晓得凑趣的地方。但是我却觉得把生死这方面也揭破，看清这里面的玲珑玩意儿，却更妙得多。晓得了我们天天都是死去了，那么也懒得去干自杀这件麻烦的勾当了。那时我们做人就达到了吃鸡蛋的禅师和喝酒的鲁智深的地步了，多么大方呀，向着天下善男信女唱个大喏！

这些话并不是劝人们袖手不做事业，天下真正做出事情的人们都是知其不可而为之。诸葛亮心里恐怕是雪亮的，也晓得他总弄不出玩意来，然而他却肯"鞠躬尽瘁，死而后已"。这叫作"做人"。若使你觉无事此静坐是最值得干的事情，那也何妨做了一生的因是子，就是没有面壁也是可以的。总之，天下事不完亦完，完亦不完，顺着自己的心情在这个梦幻的世界去建筑起一个梦的宫殿罢。的确，一天也该运些砖头，明眼人无往而不自得，就是因为他知道天下事无一值得执着的，可是高僧也喜欢拿一串数珠，否则他们就是草草了此生了。

落花生

[中国]许地山

我们屋后有半亩隙地。母亲说："让他荒芜着怪可惜，既然你们那么爱吃花生，就辟来做花生园罢。"我们几姊弟和几个小丫头都很喜欢——买种的买种，动土的动土，灌园的灌园；过不了几个月，居然收获了！

妈妈说："今年我们可以做一个收获节，也请你们爹爹来尝尝我们的新花生，如何？"我们都答应了。母亲把花生做成好几样的食品，还吩咐这节期要在园里底茅亭举行。

那晚上的天色不大好，可是爹爹也到来，实在很难得！爹爹说："你们爱吃花生么？"

我们都争着答应："爱！"

"谁能把花生的好处说出来？"

姊姊说："花生底气味很美。"

哥哥说："花生可以制油。"

我说："无论何等人都可以用贱价买它来吃；都喜欢吃它。这就是它的好处。"

爹爹说："花生底用处固然很多；但有一样是很可贵的。这小小的豆不像那好看的苹果、桃子、石榴，把它们的果实悬在枝上，鲜红嫩绿的颜色，令人一望而发生羡慕的心。他只把果子埋在地底，等到成熟，才容人把它挖出来。你们偶然看见一棵花生瑟缩地长在地上，不能立刻辨出它有没有果实，非得等到你接触它才能知道。"

我们都说："是的。"母亲也点点头。爹爹接下去说："所以你们要像花生，因为它是有用的，不是伟大、好看的东西。"我说："那么，人要做有用的人，不要做伟大、体面的人了。"爹爹说："这是我对于你们的希望。"

我们谈到夜阑才散，所有花生食品虽然没有了，然而父亲的话现在还印在我心版上。

太阳的话

[日本]岛崎藤村

岛崎藤村（1872—1943）是日本的诗人、小说家。原名岛崎春树。参加了北村透谷等创办的杂志《文学界》，以第一本浪漫诗集《若菜集》，开创了日本近代诗的新境界。之后转向小说发展，发表了《破戒》，开创了日本自然主义文学的先驱。另外，他是明治学院大学的第一届毕业生，是该大学校歌的作词者。是国际文艺家协会日本分会的创立者，第一任会长。

"早上好！"

我向太阳隐身的地方致意。没有回答。今天仍旧是太阳隐居的日子。

让我在这里写下一点自己记忆中的事吧。我第一次发现太阳的美，并不是在日出的瞬间，而是在日落的时刻。我已经是十八岁的青年了。当时在我的周围，虽然也有人教给我对大自然的很淡然的爱，但是没有人指示我说：你看那太阳。我在高轮御殿山的树林中发现了正在沉落的夕阳，为了分享那从未有过的惊奇与喜悦，我发狂般地向一起来游山的朋友跑去。我和朋友二人，眺望着日落的美景，在那里站立了许久许久。那时充满在我胸中的惊奇与欢乐，至今仍旧难以忘怀。

然而，更使我难以忘怀的，乃是我第一次感受到太阳在我的精神内部升起的时候。我青年时代的生活颇多坎坷不平，时时与艰难为伴，在漫长而暗淡的岁月里，我连太阳和笑脸也不曾仰望过。偶尔映入我眼里的，不过是没有温度，没有味道，没有生气，只是朝从东方出，夕由西天落的红色、孤独的圆轮。在我二十五岁的青年时代，我感到寂寞无聊而去仙台旅行，就是从那时开始，我懂得了自己的生命内部也有太阳升起的时刻。

阳光的饥饿——我渴求阳光的愿望本是极其强烈的。但是，在似亮非亮的暗淡笼罩的日子里，我也曾非常失望过。我也曾几次失去了太阳。甚至连渴求太阳的愿望也时而变得淡漠。太阳远离我而存在，在我的眼里，它的面容永远是毫无意义的，悲哀痛苦的。

然而，曾一度懂得在自己的生命内部也会有太阳升起之时的我，几经彷徨后，又回归到等待黎明的心境。不论是在每年的冬季要持续五个月之久的信浓山区，还是在好似新开垦的处女地的东京郊外的田野，或是在便于观赏那城镇上空的日出的隅田川的岸边，我一直在翘盼着天明，不仅如此，在漫长的岁月里，我也曾沦为异邦的旅人。在那时，无论从宛若紫色的泥土般的遥远的海上，无论从看去如同梦境般流泻着蓝色磷光的热带地区的水波之间，也无论是在如冰的石建筑鳞次栉比、林荫树凄冷昏黑、万物仿佛全都结冻了似的寒冷的异乡街头，我仍然在固执地盼着天明。甚而在梦中思念着遥远的日出，踏着朝霞向故乡迢迢归来。

我等待了三十多年，恐怕我的一生就要在这样的等待中度过了。然而，谁都可以拥有太阳。我们的当务之急不仅仅是要追赶眼前的太阳，更重要的是要高高地举起自己生命内部的太阳。这种想法与日俱增，在我年轻的心灵中深深地扎下了根。

现在我所想象的太阳，已经到了古稀高龄。仅就记忆中的，自物心相合以后的太阳的年龄，如今已经是五十有三。如果加上我无从记得的从前的年龄，那么太阳是怎样一位长寿的老人，则是无论如何也无法知晓的。

人若到了五十有三的年龄，不衰老者极为少见。头发逐年增白，牙齿先后脱落，视力也日渐减弱。曾是红润的双颊，变得就像古老的岩壁一样，刻上了层层皱纹。甚至还在皮肤上留下如同贴在地上的地苔一样的斑点。许多亲密的人相继过世，不可思议的疾病与晚年的孤独，在等待着人们。与人的如此软弱无力相比，太阳的生命力实在是难以估量的。看它那无止的飞翔、腾跃，以及每夜沉落不久又放射出红色朝霞的生气，真正拥有丰富的老年的，除太阳之外，更有何者？然而，在这个世上，最古老的就是最年轻的。这个道理深深地震撼着我的心灵。

"早上好！"

我再一次致意。仍旧没有回答。然而我已经到了这样的年龄，而且感觉到了自己内部的太阳正在醒来，因此我坚信，黎明一定会在不远的将来光临。

对　岸

[印度]泰戈尔

我渴望到河的对岸去，在那边，好些船只一排儿系在竹竿上；

人们在早晨乘船渡过那边去，肩上扛着犁头，去耕耘他们的远处的田；

在那边，牧人使他们鸣叫着的牛游泳到河旁的牧场去；

黄昏的时候，他们回家了，只留下豺狼在这满长着野草的岛上哀叫。

妈妈，如果你不在意，我长大的时候，要做这渡船的船夫。

据说有好些古怪的池塘藏在这个高岸之后。

雨过去了，一群一群的野鸟飞到那里去。茂盛的芦苇在岸边四周生长，水鸟在那里生蛋；

竹鸡带着跳舞的尾巴，将它们细小的足印印在洁净的软泥上；

黄昏的时候，长草顶着白花，邀月光在长草的波浪上浮游。

妈妈，如果你不在意，我长大的时候，要做这渡船的船夫。

我要自此岸至彼岸，渡过来，渡过去，所有村中正在那儿沐浴的男孩女孩，都要诧异地望着我。

太阳升到中天，早晨变为正午了，我将跑到你那里去，说道："妈妈，我饿了！"

一天完了，影子俯伏在树底下，我便要在黄昏中回家来。

我将永不像爸爸那样，离开你到城里去做事。

妈妈，如果你不在意，我长大的时候，要做这渡船的船夫。

收　获

[印度]泰戈尔

一个人的青春时期一过，就会出现像秋天一样的优美的成熟时期，这时，生命的果实像熟稻子似的在美丽的平静的气氛中等待收获。我们基础已经多少稳定了。世上的吉凶善恶，都有助于我们性格的形式，我们的内在的个性就在这样的世界中，通过各种忧患和欢乐而发展。到了这时，我们会把欲望从那诱人的但非我们所能达到的领域中收回来。把它们局限在自己力所能及的范围之内。到了这时，我们再也不能吸引新爱的闪烁的眼光了，可是熟悉我们的人会对我们更加亲爱了。当青春的光彩渐渐消逝，永不衰老的内在个性却在一个人的脸上和眼睛上更加明显地表露出来，好像是在同一个地方住久了的结果；我们的笑容，富于表情的眼神，特有的声调，都和内在的我合而为一了。我们已经不再希望那些得不到手的东西，也不再哀悼那些离开我们的人，显然还有爱我们的人在我们身边，我们依恋他们，就好像他们是一个几经生活的大风暴，尚未被摧毁的亲切的小窝巢。他们经受过考验，完全可以信赖，在奋斗和欲望已经让位给满足和安全感的气氛中同我们紧密相连。一生中这样的一个温柔的黄昏，正是从事平静的享受时刻。这时如果一切都要重新开始，再到处去作新的接触，去求新的获得，去徒劳地建立新的联系，去不停地疲于奔命地追求保障，那就没有比这更可悲的了。一个人若没有可供休息的床铺，没有欢迎他旅行归来的晚间灯火，他的命运确实是很可悲的。

人生旅途

[印度]泰戈尔

我在路边坐下来写作，一时想不起该写些什么。

树荫遮盖的路，路畔是我的小屋，窗户敞开着，第一束阳光跟随无忧树摇颤的绿影，走进来立在面前，端详我片刻，扑到我怀里撒娇。随后溜到我的文稿上面，临别留下金色的吻痕。

黎明在我作品的四周崭露。原野的鲜花，云霓的色彩，凉爽的晨风，残存的睡意，在我的书页里浑然交融。朝阳的爱抚在我手迹周遭青藤般地伸延。

　　我前面的行人川流不息。晨光为他们祝福，真诚地说：祝他们一路顺风。鸟儿在唱吉利的歌曲。道路两旁，希望似的花朵竞相怒放。启程时人人都说：请放心，没有什么可怕的。

　　浩茫的宇宙为旅行顺利而高歌。光芒四射的太阳乘车驶过无垠的晴空。整个世界仿佛欢呼着天帝的胜利出现了。黎明笑吟吟的，臂膀伸向苍穹，指着无穷的未来，为世界指路。黎明是世界的希冀、慰藉、白昼的礼赞，每日启东方金碧的门户，为人间携来天国的福音，送来汲取的甘露；与此同时，仙境琪花的芳菲唤醒凡世的花香。黎明是人世旅程的祝福，真心诚意的祝福。

　　人世行客的身影落在我的作品里。他们不带走什么。他们忘却哀乐，抛下每一瞬间的生活负荷。他们的欢笑悲啼在我的文稿里萌发幼芽。他们忘记他们唱的歌谣，留下他们的爱情。

　　是的，他们别无所有，只有爱。他们爱脚下的路，爱脚踩过的地面，企望留下足印。他离别洒下的泪水肥沃了立足之处。他们走过的路的两旁，盛开了新奇的鲜花。他们热爱同路的陌生人。爱是他们前进的动力，消除他们中途跋涉的疲累。人间美景和母亲的慈爱一样，伴随着他们，召唤他们走出心境的黯淡，从后面簇拥着他们前行。

　　爱情若被束缚，世人的旅程即刻中止。爱情若葬入坟墓，旅人就是倒在坟上的墓碑。就像船的特点是被驾驭着航行，爱情不允许被幽禁，只允许被推着向前。爱情的纽带的力量，足以粉碎一切羁绊。崇高爱情的影响下，渺小爱情的绳索断裂；世界得以运动，否则会被本身的重量压瘫。

　　当旅人行进时，我倚窗望见他们开怀大笑，听见他们伤心哭泣。让人落泪的爱情，也能抹去人眼里的泪水，催发笑颜的光华。欢笑，泪水，阳光，雨露，使我四周"美"的茂林百花吐艳。

　　爱情不让人常年垂泪。因一个人的离别而使你潸然泪下的爱情，把五个人引到你身边。爱情说：细心察看吧，他们绝不比那离去的人逊色。可是你泪眼蒙蒙，看不见谁，因而也不能爱。你甚至万念俱灰，无心做事。你向后转身木然地坐着，无意继续人生的旅程。然而爱情最终获胜，牵引你上路，你不可能永远把脸俯贴在死亡上面。

拂晓，满心喜悦动身的旅人，前往远方，要走很长的路。沿途没有他们的爱，他们走不完漫长的路。因为他们爱路，迈出每一步都感到快慰，不停地向前；也因为他们爱路，他们舍不得走，腿抬不起来，走一步便产生错觉：已经获得的大概今后再也得不到了。然而朝前走又忘掉这些，走一步消除一分忧愁。开初他们啜泣是由于惶恐，除此别无缘由。

你看，母亲怀里抱着婴儿走在人世的路上。是谁把母子联结在一起？是谁通过孩子引导着母亲？是谁把婴儿放在母亲怀里，道路便像卧房一样温馨？是爱变母亲脚下的蒺藜为花朵！可是母亲为什么误解？为什么觉得孩子意味着她"无限"的终结呢？

漫长的路上，凡世的孩子们聚在一起娱乐。一个孩子拉着母亲的手，进入孩子的王国——那里储藏着取之不竭的安慰。因着一张张细嫩的脸蛋，那里像天国乐园一般。他们快活地争抢天上的月亮，处处荡漾着欢声笑语的波澜。但是你听，路的一侧，可爱无助的孩子的啼哭！疾病侵入他们的皮肤，损坏花瓣似的柔软肢体。他们纤嫩的喉咙发不出声音；他们想哭，哭声消逝在喉咙里。野蛮的成年人用各种办法虐待他们。

我们生来都是旅人；假如万能的天帝强迫我们在无尽头的路上跋涉，假如严酷的厄运攥着我们的头发向前拖，作为弱者，我们有什么法子？启程的时刻，我们听不到威胁的雷鸣，只听黎明的诺言。不顾途中的危险、艰苦，我们怀着爱心前进。虽然有时忍受不了，但有爱从四面八方伸过手来。让我们学会响应不倦的爱情的召唤，不陷入迷惘，不让惨烈的压迫用锁链将我们束缚！

我坐在络绎不绝的旅人的哀泣和欢声的旁边，注望着，沉思着，深爱着。我对他们说："祝你们一路平安，我把我的爱作为川资赠给你们。因为行路不为别的，是出于爱的需要。愿大家彼此奉献真爱，旅人们在旅途互相帮助。"

生命之曲

[阿富汗]乌尔法特

乌尔法特（1908—1977），阿富汗散文家、诗人。被阿富汗文坛誉为"散文大师"。主要作品有诗集《普什图之歌》，散文集《自由的信息》等。

一片寂静，万籁无声。生命之曲在沉默。

在这寂静中，意志失去生命，思想消失踪影。欢乐如同野鸟逃开人们。

我欲打破这寂静的幻变，操起手里的弦琴，

这弦琴是我从爱情之土、夜莺之乡取来的。

我的弦琴的声音非常甜美。

来吧，请坐下听我弹奏一曲。我不希望使意志死亡、心灵僵冷。

我为唤醒感情而来。

且待我拿起琴来奏上一曲。

啊？——怎么？

为什么这琴发不出声响？

琴身无损，弦琴依旧，却为何不发出声音？

糟糕透了，怎么会走了弦的呢？

我恍然大悟，原来这夜莺之乡的弦琴离开了四周的花丛就寂然无声。

这琴是与爱情相连的，弦就系在爱情的身上。

我应走进花园，在花圃旁拉起琴来。

我应该朝着那水仙的眼睛、玫瑰的笑脸、檀香的嫩枝和风信

永／恒／的／经／典

子蓬松的鬈发，在优美的花园里拉起琴来。

不然这寂静就不会消失，欢乐就不会来临。

这阴沉的乌云应该在太阳和月亮面前隐没。

这困锁夜莺的樊笼应该彻底打碎。

花园紧锁的门应该敞开，让欢乐进来，让情操与智慧的眼睛睁开。

缺少这些，生命之曲就不能产生幸福与欢乐。

生　活

[阿富汗]乌尔法特

同是一个溪中的水。可是有的人用金杯盛它，有的人却用泥制的陶土杯子喝水。那些既无金杯又无陶杯的人就只好用手捧水喝了。

水，本来是没有任何差别的。差别就在于盛水的器皿。君王与乞丐的差别就在"器皿"上面。

只有那些最渴的人才最了解水的甜美。从沙漠中走来的疲渴交加的旅行者是最知道水的滋味的人。

在烈日炎炎的正午，当农民忙于耕种而大汗淋漓的时候，水对他们是最宝贵的东西。

当一个牧羊人从山上下来，口干舌燥的时候，要是能够趴在河边痛饮一顿，那他就是最了解水的甜美的人。

可是，另外一个人，尽管他坐在绿荫下的靠椅上，身边放着漂亮的水壶，拿着精致的茶杯喝上几口，也仍然品不出这水的甜美来。

为什么呢？因为他没有旅行者和牧羊人那样的干渴，没有在烈日当头的中午耕过地。所以他不会觉得那样需要水。

无论什么人，只要他没有尝过饥与渴是什么味道，他就永远也享受不到饭与水的甜美。不懂得生活到底是什么滋味。

为人效劳的人

[阿富汗]乌尔法特

一个瞎子在路上走。另外一个人过来把他引上正路。可是瞎子却不知道他的指路人是谁。

一个人正在酣睡。忽然一条毒蛇昂着头向他爬了过来。另一个人赶过来一刀把毒蛇杀死。可是酣睡者却依然在梦中。

当半夜时分，躺在清真寺里生病的旅行者发出沉重呻吟的时候，有一个人一直服侍他到天明。清晨，旅行者死了。可是他到底也没认清这位帮助他的人是谁？

他走在路上，把水果送给孩子们；在沙漠中把水送给了渴得要死人；把自己的干粮平分给饥饿者。可是，谁也不与他相识。

他把荆棘和碎石从大路上除掉。可是，早晨当人们在这条大路上行走的时候，谁也不知道这是他干的。谁也不认识他。

真的，我们真的不认得那些为我们服务的人们。可是，我们对于那些达官贵人们却认识得这么清楚！

永／恒／的／经／典

两条路

[德国]里克特

让·保尔·里克特（1763—1825），原名佛利德利希·里克特，让·保尔是他的笔名。其散文颇为精致，《两条路》是佳作之一。

新年的夜晚。一位老人伫立在窗前。他悲戚地举目遥望苍天，繁星宛若玉色的百合漂浮在澄静的湖面上。老人又低头看看地面，几个比他自己更加无望的生命正走向它们的归宿——坟墓。老人在通往那块地方的路上，也已经消磨掉六十个寒暑了。在那旅途中，他除了有过失和懊悔之外，再也没有得到任何别的东西。他老态龙钟，头脑空虚，心绪忧郁，一把年纪折磨着老人。

年轻时代的情景浮现在老人眼前，他回想起那庄严的时刻，父亲将他置于两条道路的入口——一条路通往阳光灿烂的升平世界，田野里丰收在望，柔和悦耳的歌声四方回荡；另一条路却将行人引入漆黑的无底深渊，从那里涌流出来的是毒液而不是泉水，蛇蟒满处蠕动，吐着舌箭。

老人仰望昊天，苦悸地失声喊道："青春啊，回来！父亲哟，把我重新放回人生的入口吧，我会选择一条正路的！"可是，父亲以及他自己的黄金时代却一去不复返了。

他看见阴暗的沼泽地上空闪烁着幽光，那光亮游移明灭，瞬息即逝了。那是他轻抛浪掷的年华。他看见天空中一颗流星陨落下来，消失在黑暗之中。那就是它自身的象征。徒然的懊丧像一支利箭射穿了老人的心脏。他记起了早年和自己一同踏入生活的伙伴们，他们走的是高尚、勤奋的道路，在这新年的夜晚，载誉而归，无比快乐。

高耸的教堂钟楼鸣钟了，钟声使他回忆起儿时双亲对他这浪子的疼爱，他想起了发蒙时父母的教诲，想起了父母为他的幸福所作的祈祷。强烈的羞愧和悲伤使他不敢再多看一眼父亲居留的天堂。老人的眼睛黯然失神，泪珠儿泫然坠下，他绝望地大声呼唤："回来，我的青春！回来呀！"

老人的青春真的回来了。原来，刚才那些只不过是他在新年夜晚打盹儿时做的一个梦。尽管他确实犯过一些错误，眼下却还年轻。他虔诚地感谢上天，时光仍然是属于他自己的，他还没有堕入漆黑的深渊，尽可以自由地踏上那条正路，进入福地洞天，丰硕的庄稼在那里的阳光下起伏翻浪。

依然在人生的大门口徘徊逡巡，踌躇着不知该走哪条路的人们，记住吧，等至岁月流逝，你们在漆黑的山路上步履跟跄时，再来痛苦地叫喊，"青春啊，回来！还我韶华！"那只能是徒劳的了。

没有新雪

[德国]图霍尔斯基

图霍尔斯基（1890—1935），德国作家、政治家。散文短小精悍，笔锋犀利。代表作品有《回忆明天》等。

当你向上攀登，气喘吁吁地环顾四周时，你会觉得自己真了不起，竟能登上这么高的山峰，而且是独自一人，然而你马上又总会发现雪地里的脚印。在你之前这里已经有人来过。

信仰上帝。不要信仰上帝。抛弃一切哲学。让医生宣布你得了胃癌，并且告诉你只能再活上四年，然后就一了百了。相信女人；不要相信女人；同时和两个女人一起生活。随波逐流，归真返璞……

所有这些生活情感，在你之前已经有人体验过了；有人相信过，有人怀疑过，有人笑过，有人哭过，还有人用手指挖着鼻孔沉思过。前面总是已经有过其他人。

我知道，这改变不了什么，你毕竟是头一次经历这些。对你而言，这里是新雪。但它毕竟不是，发现这一点最初是很痛苦的。从前，在波兰有一个犹太人，他没钱上大学，但他脑子里总想着数学问题。他阅读能够得到的所有的书，也就那么可怜巴巴的几本，他研究和思考，仅仅为自己思考。有一天，他终于有所发明，他发明了一种全新的体系，他觉得：我找到了什么。当他离开小城，来到外面的世界，他看到了许多新书，他自以为是发明创造的东西，其实早就有了，这就是微积分。不久，他就去世了。有人说，他是死于肺结核。其实他并非死于肺结核。

在孤独中生存最为奇特。在人群中，人们有着标准的经历，你也许愿意相信这一点。但是当他们也像你一样孤独，也这样冥思苦想，甚至考虑到死亡，离群索居，试图展望未来时，他们也许会以为自己是站在人类的脚尚未踏过的高山之上。但是，那儿已有脚印，总是已经有人先到过了，总是有人登得更高，远远超过了你的能力。

你不应泄气。攀登，攀登，攀登。但是，没有顶峰，也就没有新雪。

伟大的渴望

[德国]尼采

尼采（1844—1900），德国著名哲学家、诗人。早年受哲学家叔本华悲观哲学影响很大，多有悲观主义。作品主要有《权力意志》等。

哦，我的灵魂哟，我已教你说"今天""有一次""先前"，也教你在一切"这"和"那"和"彼"之上跳着你自己的节奏。

哦，我的灵魂哟，我在一切僻静的角落救你出来，我刷去了你身上的尘土，和蜘蛛网，和黄昏的暗影。

哦，我的灵魂哟，我洗却了你的琐屑的耻辱和鄙陋的道德，我劝你赤裸昂立于太阳之前。

我以名为"心"的暴风雨猛吹在你汹涌的海上；我吹散了大海上的一切云雾；我甚至于绞杀了名为罪恶的绞杀者。

哦，我的灵魂哟，我给你这权力如同暴风雨一样地说着"否"，如同澄清的苍天一样地说着"是"；现在你如同光一样地宁静，站立，并迎着否定的暴风雨走去。

哦，我的灵魂哟，我恢复了你在创造与非创造以上之自由；并且谁如同你一样知道了未来的贪欲？

哦，我的灵魂哟，我教你侮蔑，那不是如同虫蛀一样的侮蔑，乃是伟大的，大爱的侮蔑，那种侮蔑，是他最爱之处的侮蔑。

哦，我的灵魂哟，我被你如是说屈服，所以即使顽石也被你说服；如同太阳一样，太阳说服大海趋向太阳的高迈。

哦，我的灵魂哟，我夺去了你的屈服，和叩头，和投降；我自己给你以这名称"需要之枢纽"和"命运"。

哦，我的灵魂哟，我已给你新名称和灿烂的玩具，我叫你为"运"和"循环之循环"为"时间之中心"为"蔚蓝的钟"！

哦，我的灵魂哟，我给你一切智慧的饮料，一切新酒，一切记不清年代的智慧之烈酒。

哦，我的灵魂哟，我倾泻一切的太阳，一切的夜，一切的沉默和一切渴望在你身上——于是我见你繁茂如同葡萄藤。

哦，我的灵魂哟，现在你生长起来，丰富而沉重，如同长满了甜熟的葡萄的葡萄藤——为幸福所充满，你在过盛的丰裕中期待，但仍愧于你的期待。

哦，我的灵魂哟，再没有比你更仁爱，更丰满和更博大的灵魂！过去和未来之交汇，还有比你更切近的地方吗？

哦，我的灵魂哟，我已给你一切，现在我的两手已空无一物！现在你微笑而忧郁地对我说："我们中谁当受感谢呢？"

给予者不是因为接受者已接受而应感谢的吗？赠予不就是一种需要吗？接受不就是慈悲吗？

哦，我的灵魂哟，我懂得了你的忧郁之微笑；现在你的过盛的丰裕张开了渴望的两手了！

你的富裕眺望着暴怒的大海，寻觅而且期待；过盛的丰裕之渴望从你的眼光之微笑的天空中眺望！

真的，哦，我的灵魂哟，谁能看见你的微笑而不流泪？在你的过盛的慈爱的微笑中，天使们也会流泪。

你的慈爱，你的过盛的慈爱，不会悲哀，也不啜泣；哦，我的灵魂哟，但你的微笑，渴望着眼泪，你的微颤的嘴唇渴望着呜咽。

"一切的啜泣不都是怀怨吗？一切的怀怨不都是控诉吗！"你如是对自己说；哦，我的灵魂哟，因此你宁肯微笑而不倾泻你的悲哀——

不在进涌的眼泪中倾泻所有关于你的丰满之悲哀，所有关于葡萄的收获者和收获刀之渴望！

哦，我的灵魂哟！你不啜泣，也不在眼泪之中倾泻你的紫色的悲哀，甚至于你不能不唱歌！看啊！我自己笑了，我对你说着这预言：

你不能不高声地唱歌，直到一切大海都平静而倾听着你的渴望——直到，在平静而渴望的海上，小舟漂动了，这金色的奇迹，在金光的周围一切善恶和奇异的东西跳跃着——一切大动物小动物和一切有着轻捷的奇异的足可以在蓝绒色的海上跳跃着。直到他们都向着金色的奇迹，这自由意志之小舟及其支配者！但这个支配者就是收获葡萄者，他持着金刚石的收获刀期待着。

哦，我的灵魂哟，这无名者就是你的伟大的救济者，只有未来之歌才能最先发现了他的名字！真的，你的呼吸已经有着未来之歌的芳香了。

你已经在炽热而梦想，你已经焦渴地饮着一切幽深的，回响的，安慰之泉水，你的忧郁已经憩息在未来之歌的祝福里！

哦，我的灵魂哟，现在我给你一切，甚至于我的最后的。

我给你，我的两手已空无一物；看啊，我吩咐你歌唱，那就是我所有的最后的赠礼。

我吩咐你唱歌——现在说吧，我们两人谁当受感谢？但最好还是为我唱歌；哦，我的灵魂哟，为我唱歌，让我感谢你吧！

查拉斯图拉如是说。

热爱生命

[法国]蒙田

蒙田（1533—1592），法国思想家，散文家。留下《随笔集》三卷。他的随笔内容广泛，说理明畅生动，有"蒙田式散文"之美称。

我对某些词语赋予特殊的含义。拿"度日"来说吧，天色不佳，令人不快的时候，我将"度日"看作是"消磨光阴"；而风和日丽的时候，我却不愿意去"度"，这时我是在慢慢赏玩，领略美好的时光。坏日子，要飞快去"度"，好日子，要停下来细细品尝。"度日""消磨时光"的常用语令人想起那些"哲人"的习气。他们以为生命的利用不外乎在于将它打发、消磨，并且尽量回避它，无视它的存在，仿佛这是一件苦事、一件贱物似的。

至于我，我却认为生命不是这个样的，我觉得它值得称颂，富有乐趣，即便我自己到了垂暮之年也还是如此。我们的生命受到自然的厚赐，它是优越无比的，如果我们觉得不堪生之重压或是白白虚度此生，那也只能怪我们自己。

永／恒／的／经／典

135

"糊涂人的一生枯燥无味，躁动不安，却将全部希望寄托于来世。"

不过，我却随时准备告别人生，毫不惋惜。这倒不是因生之艰辛或苦恼所致，而是由于生之本质在于死。因此只有乐于生的人才能真正不感到死之苦恼。享受生活要讲究方法。我比别人多享受到一倍的生活，因为生活乐趣的大小是随我们对生活的关心程度而定的。尤其在此刻，我眼看生命的时光无多，我就愈想增加生命的分量。我想靠迅速抓紧时间，去留住稍纵即逝的日子；我想凭时间的有效利用去弥补匆匆流逝的光阴。剩下的生命愈是短暂，我愈要使之过得丰盈饱满。

要生活得惬意

[法国]蒙田

跳舞的时候我便跳舞，睡觉的时候我就睡觉。即便我一人在幽美的花园中散步，倘若我的思绪一时转到与散步无关的事情上去，我也会很快将思绪收回，令其想想花园，寻味独处的愉悦，思量一下我自己。天性促使我们为保证自身的需要而进行活动，这种活动也就给我们带来了愉悦。慈母般的天性是顾及这一点的。它推动我们去满足理性与欲望的需要。打破它的规矩就违背情理了。

我知道恺撒与亚历山大就在活动最繁忙的时候，仍然充分享受自然的，也就是必需的、正当的生活乐趣。我想指出，这不是要使精神松懈，而是使之增强，因为要让激烈的活动、艰苦的思索服从于日常生活习惯，那是需要有极大的勇气的。他们认为，享受生活乐趣是自己正常的活动，而战事才是非常的活动。他们持这种看法是明智的。我们倒是些大傻瓜。我们说："他一辈子一事无成。"或者说："我今天什么事也没有做……"怎么！您不是生活过来了吗？这不仅是最基本的活动，而且也是我们诸种活动中最有光彩的。"如果我能够处理重大的事情，我本可以表现出我的才能。"您懂得考虑自己的生活，懂得去安排它吧？那您就做了最重要的事情了。天性的表露与发挥作用，无须异常的境遇。它在各个方面乃至在暗中也都表现出来，无异于在不设幕的舞台上一样。我们的责任是调整我们的生活习惯，而不是去编书；是使我们的举止井然有致，而不是去打仗，去扩张领土。我们最豪迈、最光荣的事业乃是生活得惬意，一切其他事情，执政、致富、建造产业，充其量也只不过是这一事业的点缀和从属品。

自　由

[法国]罗曼·罗兰

罗曼·罗兰（1866—1944），法国作家。代表作有长篇小说《约翰·克利斯朵夫》。1915年获诺贝尔文学奖。散文作品主要有文艺评论、政论、日记、书信和回忆录。

在一切财富中，我们过去最引以为自豪的"自由"到最后却显得比什么都软弱。千百年来，人类用牺牲、苦难、坚韧的努力、英雄精神和不屈不挠的信心赢得了自由；我们呼吸它珍贵的气息；我们很自然地享受它，正如我们享受那拂过大地、充塞在我们肺部的清新空气一样……而只要几天，这颗生命的宝石就被人偷去了；几小时内，在全世界，一片窒息的网罗便笼罩在"自由"的战栗的翅膀上。人们抛弃了它。不但如此，他们做了奴隶还要欢呼。我们又重新体会了那古老的真理："没有一次争取是一劳永逸地完成的。争取是一种每天重复不断的行动，人们必须一天又一天地坚持，不然就会被消灭。"

呵，被出卖的自由！到我们忠实的心灵中来避难吧，掩上你受伤的羽翼！将来，它们一定会重新辉煌地翱翔。那时你又将成为千万人的偶像了。现在压迫你的人到那时就会歌颂你。现在你被人掠夺，被人打击，你是悲惨的，但在我们心目中，你从未像现在这样清丽。你双手空空，你已经没有什么可以贡献给爱你的人了，除了危险和你大无畏的眼睛里的笑意。然而，世界上一切财富都不能和这件礼物相比。跟随舆论和膜拜胜利的人决不会跟我们争这件礼物。可是我们要昂起头，追随着你，被鄙视被排斥的基督，因为我们知道你会从墓中复活。

窗

[法国]波德莱尔

从打开的窗户外面向室内观看的人，决不会像一个从关着的窗户向外面观看的人能见到那么多的事物。没有任何东西比一扇被烛光照亮的窗子更深邃、更神秘、更丰富、更阴郁、更灿烂夺目。在阳光下所能见到的一切往往不及在窗玻璃后面发生的事情那样有趣。在黑暗的或是光亮的洞穴里，生命在延长，生命在做梦，生命在受苦。

在一座一座起伏的屋顶的那边，我看到一个中年的、已经面有皱纹的贫穷的妇女，老是弯下身子在干些什么，从不出门。从她的面貌，从她的衣着，从她的动作，甚至从她的细枝末节，我编造出这位妇女的故事，或者，不如说，她的传奇，有时我噙着眼泪讲给自己听。

如果是个可怜的老汉，我也很容易编出他的传奇。

于是，我上床睡觉，我能在我自身以外的别人身上体验生活和痛苦，我为此感到自豪。

也许你们会对我说："你肯定这个传奇是真实的吗？"这有什么关

流传千古的130篇传世散文

系，只要它曾帮我生活下去，帮我感到我自己的存在，感到我是什么样的人，我自身以外的任何现实，又有什么重要性呢？

穷孩子

[法国]雨果

维克多·雨果（1802—1885），法国作家。主要作品有长篇小说《巴黎圣母院》《悲惨世界》，诗集《惩罚集》等。

　　我看到这么多人围着区区的小事，总是感到局促不安。我是个孤独的人，每年一次，打开家门。为什么？为了给想看的人看一个平凡的节日，给四十个穷孩子一小时的欢乐，不是我给的，是上帝给的。整年是穷日子，有一天欢乐。这算多吗？

　　女士们，我是对你们讲话的，把孩子的欢乐给谁看，还不是给好心肠的女人？——看到这些孩子，请你们每人想想自己的孩子，在你们力所能及的情况下，从童年起实行人和人的兄弟友爱，你们是幸福又幸运的母亲，让富孩子不被穷孩子妒忌！要播撒爱心。只有这样，我们才会让未来平静。

　　如同我去年在同一情况下所说的，给四十个孩子做点好事，是件微不足道的事情；但是，如果这四十的数目在全体好心人的支持下，能无限地增加，那就是一个好的榜样。正是为了这个宣传的目的，我曾经同意给在高城居建立的"穷孩子晚餐会"做一点广告。

　　所以，这个小小的基金有两个目的：卫生的目的，和宣传的目的。

　　从卫生的角度看，这个活动成功吗？成功的。证明如下：在高城居建立"穷孩子晚餐会"的六年以来，参加的四十个孩子中，只有两个死亡。

六年间有两个！我提供这个事实，请卫生学家和医生们考虑。

从宣传的角度看，这个活动成功吗？成功的。根据这个范例为穷孩子建立的每周一次的晚餐活动，开始在各个地方推广：瑞士，英国，尤其是美国。我昨天收到一份英国报纸，《利斯导报》，极力劝告建立这样的活动。

去年，我给你们读过一封附在《泰晤士报》上的信，宣布伦敦建立了三百二十个孩子的晚餐会。今天，这是汤普逊夫人写给我的信，她是玛丽勒本教区穷孩子晚餐会的司库，他们接受了六千个孩子。从三百个到六千个，一年之间，真是辉煌的进步。我祝贺，我也感谢我高贵的通信人汤普逊夫人。感谢她和她可尊敬的朋友们，这个孤独者的想法开花结果了。根西岛的小溪到伦敦流成了大河。

最后一句话。

每个人，只要我们活着，我们在尘世有各种各样的责任。上帝首先要我们完成艰巨的责任。我们应该为了人民的利益而斗争；我们应该和强者和权贵进行斗争；我们应该揪住暴君，不管他是谁，从虐待牲口的车夫，到压迫人民的国王，这都是艰难的不可不做的事情。如果生活里只有这样的事情，是太艰苦了。有时候，人筋疲力尽，可以说由于有责任，会提出要求。我们转问良心，良心回答说：你要我怎么做？下一步便是责任的事情；不过，我们的斗争会停一下，我们于是好好看看孩子们，这些穷孩子，生命庄严的黎明照得清纯的脸蛋光光的，红红的，我们感到激动，我们从愤怒转而感动，我们这才理解了完整的生活，我们感谢上帝，如果说他给我们权贵和坏人，要与之斗争，他也给我们无辜和弱者，要去扶持，我们有艰巨的责任之余，他们给了我们迷人的责任。后面的责任多少安慰了前面的责任。

回　忆

[法国]庞维尔

> 庞维尔（1823—1891），法国诗人和理论家。作品讲究造型美和结构美，追求自我表现。代表作有《女象柱集》《钟乳石状集》。

她和他，两个精灵，两道光，两个幸福的魂魄，玳洛和赛尔米斯，被一股大恩大德改变了形体，结合在一起，互相拥抱着偎依在一起，以有节奏的脚步在清明的乐园中前进。他们穿过了钻石的城市，那里有高耸林立的塔楼和高高的紫罗兰茂林，以及像二十条海洋那样宽广恬静的江河，也穿过了有一株玫瑰树的河岸，那簇满繁花的树枝荫蔽了这一片大水。

他们温柔地神往于这一般奇妙地混合着的香气和节奏寂静的音乐，走进一大片空地。从那里，他们可以在无涯无际的大气中看见所有的星群和星座。

"你看，"赛尔米斯说，"看远处那个正在飞去的一点小小的闪光。这就是地球。你还记得我们曾在那儿住过吗？是啊，当我们洋溢着幸福，终于在欢跳的光焰中欣喜地看到了即使用天国的语言也不能表达的境界——那个神圣而胜利的时间——几千万个世纪以前；当我们更生，返老、增健，在许多星球上居住过以前；在长时期坚持互爱，因而使得我们俩完全相像，我的形体如同一面镜子似的反映着你的，连天使也不能区别我们的思想和头顶上的焰光。不错，我还记得，在这些事情以前我们，我们曾经在那个朦胧而遥远的地方住过，而且我甚至还记得，那里有一种东西，叫作'苦难'。不过我已想不起它是什么样式的了。"

西西弗斯的神话

[法国]加缪

阿尔贝·加缪（1913—1960），法国小说家、哲学家、戏剧家、评论家。主要作品有剧本《误会》《卡利古拉》，中篇小说《局外人》，长篇小说《鼠疫》，哲学论文集《西西弗的神话》等。其曾获法国批评奖、1957年诺贝尔文学奖。

西西弗斯遭受了天谴，诸神命他日夜无休地推滚巨石上山。到了山顶之时，巨石会因自身的承重而又滚了下来。出于某种缘由，他们认为，没有比徒劳无功和毫无指望的劳役更为可怕的刑罚了。

若是你相信荷马之言，那西西弗斯就是最聪颖明达的凡人。然而，另一种传说称，他干的是拦路抢劫的营生。我倒是觉得这两种说法并无矛盾之处。至于他为何被打入阴曹地府做起那无望的苦役，却一时众说纷纭。首先，有人指责说，他对待诸神略显轻浮并偷走了他们的秘密。河神伊索普斯之女伊琴娜为朱庇特所掳。作为父亲，伊索普斯对此极为震惊，乃向西西弗斯诉苦。西西弗斯知道这桩诱拐案的原委，便以河神向科林斯的城塞给水为交换，表示愿意说出真相。他喜欢水的恩典，远胜过天上的雷霆。因为他泄露了天机，所以被打入了地府受苦。荷马也告诉我们，西西弗斯曾一度给死神套上了镣铐。冥王普路托不甘地府黄泉的一片荒凉寂静，于是派遣战争之神，把死神从他征服者的手中救了出来。

也有人说，西西弗斯在行将就木之际，轻率地想出一个法子考验妻子的爱情。他命令她不得将他的遗体下葬，而是将它扔到广场的中央。西西弗斯醒来，对这有违人间情爱的服从十分恼怒，于是他征得了普路托的同意，重返人间来惩罚他的妻子。但是当他重拾这地面的景色，领略了阳光与河水，轻抚了石头的温暖和大海的波涛，便不愿再回到那阴森可怖的地方。冥王的召唤、愤怒和警告，他一概置之脑后。面对着蜿蜒的海湾、闪烁的海洋和微笑的大地，他又活了好些年。诸神于是下达了律令。神的使者墨丘利被遣来，他一把抓住了这个轻率之人的衣领，把他从乐不思蜀的境界中硬生生地拖了出来。而回到阴间之时，那里已为他备好了一块巨石。

你已经明白了，西西弗斯便是这荒谬的英雄。确实如此，无论就他的激情还是他所受到的苦刑而言，他就是一个荒谬的人物。对诸神的嘲弄、对死亡的愤恨以及对生命的激情，这些为他赢得了无以言表的刑罚。这刑罚使他耗尽全力而无所得。这是热爱尘世而必须付出的代价。至于地狱里的西西弗斯，我们无从得知。神话是专为想象量身定做的，后者进行润色并将生命的气息赋予了前者。至于这个神话，我们只是看到了一个人用尽全身力气推起巨石，一次又一次地沿着斜坡把它滚上斜坡；我们看见了他扭向一侧的脸庞、紧贴巨石的面颊、承受着满是泥土的庞然大物；也看见了他双脚深陷入泥泞中，双臂展开重新开始推动巨石以及那双泥泞的手支撑了全身的安危。到了以缥缈的空间和无底的时间才能量度的尽头，漫长而辛苦，目的达到了。然后，西西弗斯只得眼睁睁地看着那巨石以迅雷不及掩耳之势向山下滚落。而他则必须将这块巨石重新推向山顶。于是他再度朝着山下走去。

正是西西弗斯这驻足回首的片刻使我对他萌生了兴趣。一张如此紧贴巨石的面孔，本身已化为僵石！我看到那人拖着沉重但规律的步伐走下山去，走向那永无止境的苦难。那喘息的一刻，如同他的苦难一般确凿，将再回来，那一刻也正是他恢复意识的一刻。每每离开山顶，逐渐深入诸神的居所之时，他便超越了命运。他比那撼动的巨石还要坚强。

如果说这个神话具有悲剧色彩，那是因为它的主人公是有意识的。倘若他每跨出一步都有成功的希望支撑，那么他的苦刑还算什么呢？今日的工人毕生都在劳作，每日进行同样的工作。就荒谬而言，其命运与前者相差无几。然而只在偶尔当它成为有意识的劳作，悲剧便发生了。西西弗斯，诸神脚下的无产者，无权无势却桀骜不驯，他完全清楚自己的悲惨境遇：在他下山之时，他便进行如此的思考。清醒构成了他的痛苦，同时也将他拥上胜利的王座。这点构成他酷刑的清明状态，同时也给他加上了胜利的冠冕。蔑视能克服任何命运。轻蔑，一切命运都被其踩在脚下。

下山时，他若偶尔悲伤，那他也必有愉快之时。这不是言过其实。我再度幻想西西弗斯回到千钧巨石之处，他的悲伤也再次开始。当尘世的景象与记忆紧紧相缚之时，幸福的召唤频频相催之机，忧郁之感便从人的心灵深处油然升起：这就是巨石的胜利，这就是巨石的本身。无尽的悲痛沉重得难以负担。这就是我们的受难夜。然而，一旦我们认识到这一点，真实便灰飞烟灭而告完结。因此，俄狄浦斯在一开始便不知不觉地顺从了命运。但是从他知道的那一刻起，他的悲剧开始了。与此同时，在失明和绝望的那一刻，他意识到联系他与世间唯一的纽带就是一个女孩冰冷的手。他于是道出一句惊人之语："纵然历经几许磨难，盖吾之垂暮与灵魂之尊崇，吾必有所得：一切皆善。"因此，索福克勒斯的俄狄浦斯，和陀思妥耶夫斯基的基里洛夫一样，为通向荒谬的胜利指出了诀窍。先贤的智慧与现代的英雄主义不谋而合。

人们不免要付诸于笔墨，写一本幸福指南，之后便可悟出荒谬的精髓。"什么！以这么狭窄的方式？——"然而，这里仅一个世界。幸福与荒谬是同一块土地的双生子。他们形影不离。若说幸福必然产自荒谬的发现，那必是大错。荒谬之感到亦有可能来源于幸福。"我的结论是一切皆善"，俄狄浦斯如是说。这一说法惊为天人。它回荡在狂野而狭窄的宇宙之中。它教训我们道，一切都没有——从来都没有——被耗尽。它将那个带来不满和无谓苦难的神祇逐出了人世。它把命运造成了人间事务，必须由人类自己解决。

西西弗斯一切无声的喜悦均包容于此。他的命运掌控在自己的手中，那巨石也为他所有。同样的，当荒谬之人思索自身的痛苦之时，一切的偶像形同泥塑。当宇宙间突然恢复了往日的宁静时，世间无数诧异的细语便纷然而起。下意识的秘密呼唤、来自八方面孔的邀请，这些就是胜利必然的逆转和代价。有光必有影，我们于是必须认识夜晚。荒谬的人对此必会首肯，他的努力将夙夜匪懈。倘若个人的命运存在，那就不会有更高一等的命运。或，即使有，那也只有一种他认为是不可避免且可鄙可憎的命运。至于其他的一切，他知道自己才是一生的主宰。他人回首人生旅程之时，在那曼妙的一刻，西西弗斯则回到巨石旁，那微小的枢轴上，他思考着那些一串毫不联系的行为，这些行为由他产生，却构成了他的命运。这些命运的细流在他记忆的审视之中汇集而成，不久也因他的死亡而缄默。于是，他相信，人事百般，其原委皆源于人，因此一个盲人渴望看见天明，虽然尽知长夜漫漫，他仍坚持不懈。那巨石似乎也在轰轰作响。

　　就让西西弗斯留在山脚下吧。一个人总会再次发现他的重荷。但西西弗斯教会我们以更高的忠诚否定诸神，举起重石。他也下结论说，一切皆善。对他而言，这没有主宰的宇宙既不贫瘠，也不徒劳。那石头的每一个原柱，夜色朦胧的山峦上的每一片砾岩，它们本身便是一个世界。推石上山此种挣扎本身已足以让人心底充实。我们应该认为西西弗斯是快乐着的。

生活是美好的

[俄国]契诃夫

　　契诃夫（1860—1904），俄国作家。作品充满现实主义精神，隐喻色彩浓厚。代表作有《套中人》《万尼亚舅舅》《三姊妹》等。

　　生活是极不愉快的玩笑，不过要使它美好却也不很难。为了做到这点，光是中头彩赢了二十万卢布、得了"白鹰"勋章、娶个漂亮女人、以好人出名，还是不够的——这些福分都是无常的，而且也很容易习惯。为了不断地感到幸福，甚至在苦恼和愁闷的时候也感到幸福，那就需要：一善于满足现状，二很高兴地感到："事情原来可能更糟呢"。这是不难的！

要是火柴在你的衣袋里燃起来了，那你应当高兴，而且感谢上苍：多亏你的衣袋不是火药库。

要是有穷亲戚上别墅来找你，那你不要脸色发白，而要喜气洋洋地叫道："挺好，幸亏来的不是警察！"

要是你的手指头扎了一根刺，那你应当高兴："挺好，多亏这根刺不是扎在眼睛里！"

如果你的妻子或者小姨练钢琴，那你不要发脾气，而要感激这份福气：你是在听音乐，而不是听狼嗥或者猫叫的音乐会。

你该高兴，因为你不是拉长途马车的马，不是小毛虫，不是猪，不是驴，不是茨冈人牵的熊，不是臭虫。……你要高兴，因为眼下你没有坐在被告席上，也没有看见债主在你面前，更没有主笔谈稿费问题。

如果你不是住在边远的地方，那你一想到命运总算没有把你送到边远的地方去，你岂不觉着幸福？

要是你有一颗牙痛起来，那你就该高兴，幸亏不是满口的牙痛起来。

你该高兴，因为你居然可以不必读《公民报》，不必坐在垃圾车上，不必一下子跟三个人结婚。……

要是你被送到警察局去了，那就该乐得跳起来，因为多亏没有把你送到地狱的大火里去。

要是你挨了人家用桦木棍子的打，那就该蹦蹦跳跳，叫道："我多么运气，人家总算没有拿带刺的棒子打我！"

要是你的妻子对你变了心，那就该高兴，多亏她背叛的是你，不是国家。

依此类推。……朋友，照着我的劝告去做吧，你的生活就会欢乐无穷了。

火　光

[俄国]柯罗连科

柯罗连科（1853—1921），俄国作家。成名作为1883年写成的短篇小说《马卡尔的梦》。

很久以前，在一个漆黑的秋天的夜晚，我泛舟在西伯利亚一条阴森森的河上。船到一个转弯处，只见前面黑黝黝的山峰下面，一星火光蓦地一闪。

火光又明又亮，好像就在眼前……

"好啦，谢天谢地！"我高兴地说，"马上就到过夜的地方啦！"

船夫扭头朝身后的火光望了一眼，又不以为然地划起桨来。

"远着呢！"

我不相信他的话，因为火光冲破朦胧的夜色，明明在那儿闪烁。不过船夫是对的：事实上，火光的确还远着呢。

这些黑夜的火光的特点是：驱散黑暗，闪闪发亮，近在眼前，令人神往。乍一看，再划几下就到了……其实却还远着呢！……

我们在漆黑如墨的河上又划了很久。一个个峡谷和悬崖，迎面驶来，又向后移去，仿佛消失在茫茫的远方，而火光却依然停在前头，闪闪发亮，令人神往，——依然是这么近，又依然是那么远……

现在，无论是这条被悬崖峭壁的阴影笼罩的漆黑的河流，还是那一星明亮的火光，都经常浮现在我的脑际。在这以前和在这以后，曾有许多火光，似乎近在咫尺，不止使我一人心驰神往。可是生活之河却仍然在那阴森森的两岸之间流着，而火光也依旧非常遥远。因此，必须加劲划桨……

然而，火光啊……毕竟……毕竟就在前头！……

耶利哥的玫瑰

[苏联]蒲宁

蒲宁（1870—1953）俄国作家，其创作生涯始于诗歌。创作成就主要是中短篇小说，1933年蒲宁因为"继承俄国散文文学古典的传统，表现出精巧的艺术方法"获诺贝尔文学奖。

古代东方人往往在棺内墓中放一朵耶利哥的玫瑰，表示相信生命是永恒的，死者能够复活。

奇怪的是，为什么把一团带刺的枯草叫做玫瑰，而且还是耶利哥的玫瑰？这种干硬的沙漠小灌木，就像我们所谓的风滚草，只有在死海以下的砂石中，荒无人迹的西奈山麓，才能看到。据传说，这名称是那位把可怕的火谷，即犹太旷野一个寸草不生的死亡之谷选为自己的居所的圣徒萨瓦亲自定的。他把这种刺草奉为复活的象征，并且用他所知道的世上最悦耳的比喻来加以形容。

这种刺草的确神奇。一个朝圣者采了它，带到离它的故土几千里以外的地方去；一年年下来它枯干了，发灰了，没有生气了，可是一放进水中，立刻舒展开来，绽出细小的叶片和粉红色的花朵。可怜的人心便感到了快乐和安慰：世上没有死，存在过、经历过的东西不会灭亡！只要我的心灵，我的爱，我的记忆活着，就不会有离别和失落。

我也是这样安慰自己，在自己心中重现我曾涉足的那些光辉的古国，重现我生命中那些如日中天的美好日子——当时我身强力壮，前程似锦，携带着注定要伴我终生的女子第一次远游，既是新婚旅行，也是朝拜我们主耶稣基督的圣地。眼前是处在长年寂静和忘怀的伟大安详中的圣乡——加利利地、犹太众山、五城的盐和硫黄火。那是春天，路上处处欢快祥和地开着拉结（据《圣经》传说，拉结是亚伯拉罕的孙子雅各之妻）在世的时候开过的同样的银莲花和罂粟花，大地装点着同样的野百合花，天上也同样是《福音书》的比喻所说的那些无忧无虑的飞鸟在歌唱……

耶利哥的玫瑰，我把我的往昔的根和茎浸入心灵之中，浸入苦恋与柔情的清纯甘露中，于是我珍藏的小草重新令人惊异地吐出嫩芽，推迟了那不可回避的时刻——这甘露会干，这心会衰，我的耶利哥的玫瑰也将永远被忘尘掩埋。

海　燕

[苏联]高尔基

马克西姆·高尔基（1868—1936），苏联伟大的无产阶级作家，社会活动家。他出身贫苦，亲身经历的资本主义残酷的剥削与压迫对他的思想和创作发展具有了重要影响。登上文坛后，他塑造了一系列工人和无产阶级革命者的英雄形象，抨击了西方资本主义制度和反动思潮。代表作有《海燕之歌》，自传体三部曲《童年》《在人间》《我的大学》等。

在苍茫的大海上，狂风卷集着乌云。在乌云和大海之间，海燕像黑色的闪电，在高傲地飞翔。

一会儿翅膀傍着波浪，一会儿箭一般地直冲向乌云，它叫喊着，——就在这鸟儿勇敢的叫喊声里，乌云听出了欢乐。

在这叫喊声里——充满着对暴风雨的渴望！在这叫喊声里，乌云听出了愤怒的力量、热情的火焰和胜利的信心。

海鸥在暴风雨来临之前呻吟，——呻吟着，它们在大海上飞窜，想把自己对暴风雨的恐惧，掩藏到大海深处。

海鸭也在呻吟着，——它们这些海鸭啊，享受不了生活的战斗的欢乐：轰隆隆的雷声就把它们吓坏了。

蠢笨的企鹅，胆怯地把肥胖的身体躲藏在悬崖底下……只有那高傲的海燕，勇敢地，自由自在地，在泛起白沫的大海上飞翔！

乌云越来越暗，越来越低，向海面直压下来，而波浪一边歌唱，一边冲向高空，去迎接那雷声。

雷声轰响。波浪在愤怒的飞沫中呼叫，跟狂风争鸣。看吧，狂风紧紧抱起一层层巨浪，恶狠狠地将它们甩到悬崖上，把这些大块的翡翠摔成尘雾和碎末。

海燕叫喊着，飞翔着，像黑色的闪电，箭一般地穿过乌云，翅膀掠起波浪的飞沫。

看吧，它飞舞着，像个精灵，——高傲的、黑色的暴风雨的精灵，——它在大笑，它又在号叫……它笑那些乌云，它因为欢乐而号叫！

这个敏感的精灵，——它从雷声的震怒里，早就听出了困乏，它深信，乌云遮不住太阳，——是的，遮不住的！

狂风吼叫……雷声轰响……

一堆堆乌云，像青色的火焰，在无底的大海上燃烧。大海抓住闪电的箭光，把它们熄灭在自己的深渊里。这些闪电的影子，活像一条条火蛇，在大海里蜿蜒游动，一晃就消失了。

——暴风雨！暴风雨就要来啦！

这是勇敢的海燕，在怒吼的大海上，在闪电中间，高傲地飞翔；这是胜利的预言家在叫喊：

——让暴风雨来得更猛烈些吧！

探索者

[英国]劳伦斯

劳伦斯（1885—1930年），英国诗人、小说家、散文家。他的作品重议论，反映人性。代表作表《虹》等。

人生就是不断在意识领域冒险的过程。云柱和火柱、昼与夜轮番在人面前穿过时间的荒野，直到人开始向自己一次次地撒谎。然后，谎言就走在人的前头，就像蚂蚁头上顶着的胡萝卜。

在人的意识里有两种知识：一是他自己告诫自己的，一是他自己发现的。前者往往令人欣悦，是自欺欺人的谎言，而后者，则通常连开个头都很难。

人是思想的探索者。当然，我们这儿所说的思想，是指发现，而不是那种自欺欺人，以陈腐的事实来蒙骗自己，得出的错误结论。人们往往将后者当成思想，而其实，思想是一种冒险，不是耍小聪明。

当然，我们所说的是人全部的探险，不只是他的智慧。正因为如此，人不能完全笃信康德或斯宾诺莎。康德用他的大脑和灵魂思考，从来不用热血思考。其实，人体的热血也同样在思考，在暗中沉郁地思考，在欲望和冲动中思考，得出奇特的结论。我的大脑和灵魂得出结论：只要人人互爱，这世界就会尽善尽美。可是，我的热血却断定这是胡说，并发现这噱头的说法令人恶心。我的热血告诉我，世界上并没有什么完美之类的东西，唯有在日见其危的时间深谷里进行的没完没了的探索，对意识的探索。

人发现大脑和灵魂将他引入了歧途。我们跟随灵魂，相信它宣扬的所谓完美之类的反话，我们聆听大脑的胡诌，例如只要我们消灭这顽固而讨厌的血肉之躯，就可以使一切变得完美，云云。久而久之，我们偏离了正常的轨道。

我们不无伤心地偏离了轨道，情绪很坏，犹如迷途者。我们只好自我解嘲："我才不在乎呢，一切都靠命运安排。"

命运并不能解决问题。人是思想的探索者，只有思想方面的探索能使人找到新的出路。

我为何而生

[英国] 罗素

伯特兰·罗素（1872—1970），英国著名哲学家、思想家。他的作品充满了理性思维，在议论中叙述深刻的人生哲理。代表作是《西方哲学史》。

对爱情的渴望，对知识的追求，对人类苦难不可遏制的同情，是支配我一生的单纯而强烈的三种感情。这些感情如阵阵巨风，吹拂在我动荡不定的生涯中，有时甚至吹过深沉痛苦的海洋，直抵绝望的边缘。

我所以追求爱情，有三方面的原因。首先，爱情有时给我带来狂喜，这种狂喜竟如此有力，以致使我常常会为了体验几小时爱的喜悦，而宁愿牺牲生命中其他一切。其次，爱情可以摆脱孤寂——身历那种可怕孤寂的人的战栗意识，有时会由世界的边缘，观察到冷酷无生命的无底深渊。最后，在爱的结合中，我看到了古今圣贤以及诗人们所梦想的天堂的缩影，这正是我所追寻的人生境界。虽然它对一般的人类生活也许太美好了，但这正是我透过爱情所得到的最终发现。

我曾以同样的感情追求知识，我渴望去了解人类的。也渴望知道星星为什么会发光，同时我还想理解毕达哥拉斯的力量。

爱情与知识的可能领域，总是引领我到天堂的境界，可对人类苦难的同情经常把我带回现实世界。那些痛苦的呼唤经常在我内心深处引起回响。饥饿中的孩子，被压迫被折磨者，给子女造成重担的孤苦无依的老人，以及全球性的孤独、贫穷和痛苦的存在，是对人类生活理想的无视和讽刺。我常常希望能尽自己的微薄之力去减轻这不必要的痛苦，但我发现我完全失败了，因此我自己也感到很痛苦。

这就是我的一生，我发现人是值得活的。如果有谁再给我一次生活的机会，我将欣然接受这难得的赐予。

扫帚把上的沉思

[英国]斯威夫特

斯威夫特（1667—1745），18世纪英国著名文学家、讽刺作家、政治家，被高尔基誉为"世界伟大文学创造者"。代表作品是寓言小说《格列佛游记》。

你看这根扫帚把，现在灰溜溜地躺在无人注意的角落，我曾在树林里碰见过，当时它风华正茂，树液充沛，枝叶繁茂。如今变了样，却还有人自作聪明，想靠手艺同大自然竞争，拿来一束枯枝捆在它那已无树液的身上，结果是枉费心机，不过颠倒了它原来的位置，使它枝干朝地，根梢向天，成为一株头冲下的树，归在任何干苦活的婆子的手里使用，从此受命运摆布，把别人打扫干净，自己却落得个又脏又臭，而在女仆们手里折腾多次之后，最后只剩下一支根株了，于是被扔出门外，或者作为引火的柴火烧掉了。

　　我看到了这一切，不禁兴叹，自言自语一番：人不也是一根扫帚把么？当大自然送他入世之初，他是强壮有力的，处于兴旺时期，满头的天生好发；如果比作一株有理性的植物，那就是枝叶齐全。但不久酗酒贪色就像一把斧子砍掉了他的青枝绿叶，只留给他一根枯株。他赶紧求助于人工，戴上了头套，以一束扑满香粉但非他头上所长的假发为荣。要是我们这把扫帚也这样登场，由于把一些别的树条收集到身上而得意扬扬，其实这些条上尽是尘土，即使是最高贵的夫人房里的尘土，我们一定会笑它是如何虚荣吧！我们就是这样偏心的审判官，偏于自己的优点，别人的毛病！

　　你也许会说，一根扫帚把不过标志着一棵头冲下的树而已，那么请问：人又是什么？不也是一个颠倒的动物，他的兽性老骑在理性背上，他的头去了该放他的脚的地方，老在土里趴着，可是尽管有这么多毛病，还自命为天下的改革家，除弊者，申冤者，把手伸进人间每个藏污纳垢的角落，扫出来一大堆从未暴露过的肮脏，把原来干净的地方弄得尘土满天，肮脏没扫走而扫的人自己倒浑身受到了污染；到晚年又变成女人的奴隶，而且是一些最不堪的女人，直到磨得只剩下一支根株，于是像他的扫帚老弟一样，不是给扔出门外，就是拿来生火，供别人取暖了。

智慧之思

思想之结合是知识，情感之结合是爱，意志之结合是服务。分裂也有三种：错误、憎恨、斗争。促进分裂的是本能，也就是人的兽性部分；促进结合的是知识、爱和相继而来的服务，那种组合就是智慧，是人的至美……

Zhihuizhisi

论时机·论幸运

[英国]培根

> 培根（1561—1626），英国哲学家、作家。作品内容广泛，见解深刻、重在启发人生，代表作有《随笔》等。

论时机

幸运之机好比市场，只要错过机会，价格就将变化。有时它又像那位出卖预言书的西比拉，如果你买时不及时买，那么当你得知此书重要而想买时，书都已经不全了。所以古谚说得好，机会老人先给你送上它的头发，当你抓不住而再抓时，就只能摸到它的秃头了。或者说它先给你一个可以抓的瓶颈，你不及时抓住，再得到的就是抓不住的圆瓶身了。

善于在做一件事的开端识别时机，这是一种难得的智慧。例如在一些危险关头，总是看来吓人的危险比真正压倒人的危险要多许多。只要能挺过最难熬的时机，再来的危险就不那么可怕了。因此，当危险逼近时，善于抓住时机迎头痛击它要比犹豫躲闪更有利。因为犹豫的结果恰恰错过了克服它的机会。但也要注意警惕那种幻觉，不要以为敌人真像它在日光里的阴影那样高大，因而在时机不到时过早出击，结果反而失掉了获胜的机会。

总而言之，善于识别与把握时机是极为重要的。在一切大事业上，人在开始做事前要像千里眼那样察视时机，而在进行时要像千手神那样抓住时机。特别对于政治家来说，秘密的策划与果断的实行更是保护他的隐身盔甲。因为果断与迅速乃是最好的保密方法——要像疾掠空中的子弹一样，当秘密传开的时候，事情却早已做成了。

论幸运

一方面，幸运与偶然性有关——例如长相漂亮、机缘凑巧等；但另有一方面，人之能否幸运又决定于自身。正如古代诗人所说："人是自身幸福的设计师。"

有的时候，一个人的愚蠢恰是一个人的幸运，一方的错误恰好促成了另一方的成功。正如谚语所说："蛇吃蛇，能成龙。"

炫耀于外表的才干徒然令人赞羡，而深藏未露的才干则能带来幸运。这需要一种难以言传的自制力。西班牙人把这叫做"潜能"。一个人具有优良的素质，能在必要时发挥这种素质从而推动幸运的车轮转动，这就叫"潜能"。

历史学家李维曾这样形容老加图说："他的精神与体力都是那样博大，因此无论他出生于什么家庭，都一定可以为自己开辟出一条道路。"——因为加图具有多方面的才能。这话说明，只要对一个人深入观察，是可以发现对他是否可以期望幸运的。因为幸运之神虽然是盲目的，却并非无形的。

幸运的机会好像银河，他们作为个体是不显眼的，但作为整体却光辉灿烂。同样，一个人若具备了许多细小的优良素质，最终都可能成为带来幸运的机会。

意大利人在谈论精明的人时，除了夸赞他别的优点外，有时会说他表面上带一点"傻气"。是的，有一点傻气，但并不是呆气，再没有比这对人更幸运的了。然而迷信愚妄的人是不会幸运的。他们把思考权交付给他人，就不会走自己路了。

意外的幸运会使人冒失、狂妄，然而经过磨炼的幸运却使人成为伟器。

幸运是令人尊敬的，至少这是为了他的两个女儿——一位叫自信，一位叫名誉。他们都是幸运所产生的。前者产生于人自身的心中，后者产生于他人的心中。

古代的智者，为避免招人嫉恨，很少对自己的幸运进行夸耀，他们把一切归功于"神"。——事实上，也只有伟大人物才能得到神的护佑。恺撒对大风浪中的水手说："镇静，有恺撒坐在你的船上！"而苏拉则不敢自称为"伟大"，只称自己为"有幸的"。从历史可以看到，凡把成功完全归于自己的人，常常得到不幸的终局。例如，雅典人泰摩索斯总把他在政治上的成就说成："这绝非幸运所赐，而是因为本人高明。"结果他以后再做什么事却很少成功了。世间确有一些人，他们的幸运，流畅的犹如荷马的诗句。例如普鲁塔克就曾把泰摩列昂的好运气与阿盖西劳斯和埃帕米农达的运气相对比，但这种幸运成功的果实，最终也还要到他们的德行中去找原因呵！

论家庭·论礼貌

[英国]培根

论家庭

在子女面前，父母也善于隐藏他们的一切快乐、烦恼与恐惧。他们的快乐无须说，而他们的烦恼与恐惧则不能说。子女使他们的劳苦变甜，但也使他们的不幸更苦。子女增加了他们生活的负担，但却也减轻了他们对于死亡的恐惧。

一切生物都能通过生殖留下后代，但只有人类能通过后代留下美名、事业和德行。然而，为什么有的没有留下后代者却留下了流芳百世的工业呢？因为他们虽然未能复制一种肉体，却全力以赴复制了一种精神。因此这种无后继的人其实倒是最关心后事的人。创业者对子女的期望最大，因为子女被他们看作不但是族类的继承者，又是所创办事业的一部分。

作为父母，特别是母亲，对子女常常会有不合理的偏爱。所罗门曾告诫人们："智慧之子使父亲欢乐，愚昧之子使母亲蒙羞。"在家庭中，最大或最小的孩子都可能得到优遇。唯有居中的子女容易受到忘却，但他们却往往是最有出息的。

在子女小时不应对他们过于苛刻，否则会使他们变得卑贱，甚至投机取巧，以致堕入下流，即使后来有了财富时也不会正当利用。聪明的父母对子女在管理上是严格的，而在用钱上则不妨略宽松些，这常常是有好效果的。

作为成年人，绝不应在一家的兄弟之间挑动竞争，以至积隙成仇，使兄弟间直到成年，依然不和。

意大利风俗对子女和侄甥一视同仁，亲密无间。这是很可取的。因为这种风俗很合于自然的血缘关系。许多侄子不是更像他的一位叔伯，而不像父亲吗？

在子女还小时，父母就应当考虑他们将来的职业方向并加以培养，因为这时他们最易塑造。但在这一点上要注意，并不是孩子小时所喜欢的，也就是他们终生所愿从事的。如果孩子确有某种超群的天才，那当然应该扶植发展。但就一般情况说，下面这句格言是很有用的："长期的训练会通过适应化难为易。"还应当注意，子女中那种得不到遗产继承权的幼子，常常会通过自身奋斗获得好的发展。而坐享其成者，却很少能成大业。

论礼貌

只有确实内在品格很高的人，才适合不拘小节。犹如没有衬景的宝石，必须自身珍贵才会蒙受珍爱一样。

注意观察人生会看出，获得赞扬之道犹如善于赚钱之道，正像一句古话所说："积小利可以发大财。"同样，小节上的一丝不苟常可赢得很高的称赞。因为小节更易为人注意，而施展大才的机会犹如节日，并非每天都有。因此，举止彬彬有礼的人，一定能赢得好的名誉。这正如伊丽莎白女王所说，乃是"一封四方通用的自荐书"。

其实要习得优美的举止，只要做到细心就可以。因为人只要不粗忽，他就自然会乐于观察和模仿别人的优点。但假如在表现上过于做作，那反而倒会失去优美。因为举止优美本身就包括自然和纯真。有的人举止言谈好像在作曲，其中的每一个音节都仔细的推敲过。但这种明察秋毫的人，却不可能见舆薪。也有人举止粗放不拘礼节，这种不自重的结果是别人也放弃对他的尊重。

礼仪是微妙的东西。它既是人类间交际所不可或缺的，却又是不可过于计较的。如果把礼仪看得比月亮还高，结果就会失去人与人真诚的信任。在语言交际中要善于找到一种分寸，使之既直爽又不失礼。这是最难又是最好的。

要注意——在亲密的同伴之间应注意保持矜持以免被狎犯。在地位较低的下属面前却不妨显得亲密会备受敬重。事事都伸头的人是自轻自贱并惹人厌嫌的。好心助人时要让人感到这种帮助是出自对他的爱重，而并非你天生多情乐施。表示一种赞同的时候，不要忘记略示还有所保留——以表明这种赞同并非阿谀而经过思考。即使对很能干的人，也不可过于恭维，否则难免被他的嫉妒者看作拍马屁。在面临大事之际，不要过于计较择取吉日良辰一类的琐碎问题。否则将如所罗门曾说的："看风者无法播种，看云者不得收获。"只有愚者才等待机会，而智者则创造机会。总而言之，礼貌举止正好比人的穿衣——既不可太宽也不可太紧。要讲究而有余地，宽裕而不失大体，如此才能做成事业。

谈读书·谈美

[英国]培根

谈读书

读书足以怡情，足以傅彩，足以长才。其怡情也，最见于独处幽居之时；其傅彩也，最见于高谈阔论之中；其长才也，最见于处世判事之际。练达之士虽能分别处理细事或一一判别枝节，然纵观统筹，全局策划，则舍好学深思者莫属。读书费时过多易惰，文采藻饰太盛则矫，全凭条文断事乃学究故态。读书补天然之不足，经验又补读书之不足，盖天生才干犹如自然花草，读书然后知如何修剪移接；而书中所示，如不以经验范之，则又大而无当。狡黠者鄙读书，无知者羡读书，唯明智之士用读书，然书并不以用处告人，用书之智不在书中，而在书外，全凭观察得之。读书时不可存心诘难作者，不可尽信书上所言，亦不可只为寻章摘句，而应推敲细思。书有可浅尝者，有可吞食者，少数则须咀嚼消化。换言之，有只需读其部分者，有只需大体涉猎者，少数则须全读，读时须全神贯注，孜孜不倦。书亦可请人代读，取其所作摘要，但只限题材较次或价值不高者，否则书经提炼犹如水经蒸馏，味同嚼蜡矣。读书使人充实，讨论使人机智，作文使人准确。因此不常作文者须记忆特强，不常讨论者须天生聪颖，不常读书者须欺世有术，始能无知而又显有知。读史使人明智，读诗使人灵秀，数学使人周密，科学使人深刻，伦理学使人庄重，逻辑修辞之学使人善辩：凡有所学，皆成性格。人之才智但有滞碍，无不可读适当之书使之顺畅，一如身体百病，皆可借相宜之运动除之。滚球利睪肾，射箭利胸肺，慢步利肠胃，骑术利头脑，诸如此类。如智力不集中，可令读数学，盖演题须全神贯注，稍有分散即须重演；如不能辨异，可令读经院哲

161

学，盖是辈皆吹毛求疵之人；如不善求同，不善以一物阐证另一物，可令读律师之案卷。如此头脑中凡有缺陷，皆有特药可医。

谈 美

德行犹如宝石，朴素最美；其于人也，则有德者但须形体悦目，不必面貌俊秀，与其貌美，不若气度恢宏。人不尽知：绝色无大德也；一如自然劳碌终日，但求无过，而无力制成上品。因此美男子有才而无壮志，重行而不重德。但亦不尽然。罗马大帝奥古斯特与泰特思，法王菲利浦，英王爱德华四世，古雅典之亚西拜提斯，波斯之伊斯迈帝，皆有宏图壮志而又为当时最美之人也。美不在颜色艳丽而在面目端正，又不尽在面目端正而在举止文雅合度。美之极致，非图画所能表，乍见所能识。举凡最美之人，其部分比例，必有异于常人之处。阿贝尔与丢勒皆画家也，其画人像也，一则按照几何学之比例，一则集众脸形之长于一身，二者谁更不智，实难断言，窃以为此等画像除画家本人外，恐无人喜爱也。余不否认画像之美可以超绝尘寰，但此美必为神笔，而非可依规矩得之者，乐师之谱成名曲亦莫不皆然。人面如逐部细察，往往一无是处，观其整体则光彩夺目。美之要素既在于举止，则年长美过年少亦无足怪。古人云："万美之中秋为最。"年少而著美名，率由宽假，盖鉴其年事之少，而补其形体之不足也。美者犹如夏日蔬果，易腐难存；要之，年少而美者常无行，年长而美者不免面有惭色。虽然，但须托体得人，则德行因美而益彰，恶行见美而愈愧。

论爱情

[英国]培根

爱情在舞台上，要比在人生中更有欣赏价值。因为在舞台上爱情既是喜剧也是悲剧的素材，而在人生中，爱情常常招致不幸，它有时像那位诱惑的魔女，有时又像那位复仇的女神。

你可以看到，一切真正伟大的人物（无论古人，今人，只要其英名永铭于人类记忆中的），没有一个是因为爱情而发狂的人。这说明伟大的精神和伟大的事业可以摒除过度的激情。然而罗马的安东尼和克劳底亚是例外。前者本性就好色荒淫，然而后者却是一个严肃明哲的人。这说明爱情不仅会占领没有城府的胸怀，有时也会闯进壁垒森严的心灵——假如守御不严的话。

埃辟克拉斯曾说过一句话："人生不过是一座大舞台。"似乎一个本该思考天意，追求高尚目标的人，却应一事不做而只拜倒在一个小小的偶像面前，成为自己感官的奴隶——虽然还不是口腹之欲的奴隶（那简直与禽兽无异了），即娱目色相的奴隶。而上帝造人，本来是有更高尚的用途的。

过度的爱情，必然会夸张对象的性质的价值。例如，只有在爱情中，才总是需要那种浮夸谄媚的词令。而在其他的场合，同样的词令只能招人耻笑。古人有一句名言："最大的奉承，人总是留给自己。"——只有对情人的奉承要算例外。因为甚至最骄傲的人，也甘愿在情人面前自轻自贱。所以占人说得好："人在爱情中不会聪明。"情人的这种弱点不仅在外人的眼中是明显的，就是在被爱者的眼中也会很明显——除非她（他）也在爱他（她）。所以，爱情的代价就是如此，不能得到回爱，就会得到一种深藏于心的轻蔑，这是一条永真的定律，由此可见，人们应该十分警惕这种感情。因为它不但会使人丧失其他，而且也可以使人丧失自己本身。

至于其他方面的损失，古诗人荷马早就告诉我们，那追求海伦的巴立斯王子竟然拒绝了天后朱诺（财富女神）和密纳发（智慧女神）的礼物。这就是说，溺身于情的人，是甘愿放弃财富和智慧的。

当人心最软弱的时候，爱情最容易入侵，那就是当人春风得意，忘乎所以和处境窘困孤独凄凉的时候，虽然在后一情境中不容易得到爱情。人在这样的时候最急于跳入爱情的火焰中。由此可见，"爱情"实在是"愚蠢"的儿子。但有一些人即使心中有了爱，仍能约束它，使它不妨碍重大事业，因为爱情一旦干扰事业，就会阻碍人坚定地奔向既定的目标。

我不懂是什么缘故，使许多军人更容易坠入情网，也许这正像他们嗜爱饮酒一样，是因为他们的生活需要欢乐的补偿。

人心中可能潜伏有一种博爱的倾向，若不集中于某个专一的对象，就必然施于更广泛的大众，使他成为仁善的人，像有些僧侣那样。

夫妻的爱，使人类繁衍。朋友的爱，致人以完善。但那荒淫纵欲的爱，却只会使人堕落毁灭！

论　爱

[英国]雪莱

珀西·比希·雪莱（1792—1822），英国文学史上最有才华的抒情诗人之一，更被誉为诗人中的诗人。创作的诗歌节奏明快，积极向上。

什么是爱？要回答这个问题，让我们先问那些活着的人，什么是生活？问那些虔诚的教徒，什么是上帝？

我不知其他人的内心结构，也不知你们——我正与之讲话的你们的内心；我看到在有些外在属性上，别人同我相像；或于这种形似，当我诉诸某些应当共通的情感并向他们吐露灵魂深处的心声时，我发现我的话语遭到了误解，仿佛它是一个遥远而野蛮的国度的语言。人们给我体验的机会越多，我们之间的距离越远，理解与同情也就愈离我而去。带着无法承受这种现实的情绪，在温柔的战栗和虚弱中，我在海角天涯寻觅知音，而得到的却只是憎恨与失望。

你垂询什么是爱吗？当我们在自身思想的幽谷中发现一片虚空，从而在天地万物中呼唤、寻求与身内之物的通感对应之时，受到我们所感、所惧、所企望的事物的那种情不自禁的、强有力的吸引，就是爱。倘使我们推理，我们总希望能够被人理解；倘若我们遐想，我们总希望自己头脑中逍遥自在的孩童会在别人的头脑里获得新生；倘若我们感受，那么，我们祈求他人的神经能和着我们的一起共振，他人的目光和我们的交融，他人的眼睛和我们的一样炯炯有神；我们祈愿漠然麻木的冰唇不要对另一颗心的火热、颤抖的唇讥诮嘲讽，这就是爱，这就是那不仅联结了人与人而且连接了人与万物的神圣的契约和债券。我们降临世间，我们的内心深处存在着某种东西，自我们存在那一刻起，就渴求着与它相似的东西。也许这与婴儿吮吸母亲乳房的奶汁这一规律相一致。这种与生俱来的倾向随着天性的发展而发展。在思维能力的本性中，我们隐隐地看到的仿佛是完整自我的一个缩影，它丧失了我们所蔑视、嫌厌的成分，而成为尽善尽美的人性的理想典范。它不仅是一帧外在肖像，更是构成我们天性的最精细微小的粒子组合。它是一面只映射出纯洁和明亮的形态的镜子；它是在其灵魂固有的乐园外勾画出一个为痛苦、悲哀和邪恶所无法逾越的圆圈的灵魂。这一精魂同渴求与之相像或对应的知觉相关联。当我们在大千世界中寻觅到了灵魂的对应物，在天地万物中发现了可以无误地评估我们自身的知音（它能准确地、敏感地捕捉我们所珍惜、并怀着喜悦悄悄展露的一切），那么，我们与对应物就好比两架精美的竖琴上的琴弦，在一个快乐的声音的伴奏下发出音响，这音响与我们自身神经组织的震颤相共振。这——就是爱所要达到的无形的、不可企及的目标。正是它，驱使人的力量去捕捉其淡淡的影子；没有它，为爱所驾驭的心灵就永远不会安宁，永远不会歇息。因此，在孤独中，或处在一群毫不理解我们的人群中（这时，我们仿佛遭到遗弃），我们会热爱花朵、小草、河流以及天空。就在蓝天下，在春天的树叶的颤动中，我们找到了秘密的心灵的回应：无语的风中有一种雄辩；流淌的溪水和河边瑟瑟的苇叶声中，有一首歌谣。它们与我们灵魂之间神秘的感应，唤醒了我们心中的精灵去跳一场酣畅淋漓的狂喜之舞，并使神秘的、温柔的泪盈满我的眼睛，又如心爱的人为你独自歌唱之音。因此，斯泰恩说，假如他在沙漠，他会爱上柏树枝的。爱的需求或力量一旦死去，人就成为一个活着的墓穴，苟延残喘的只是一副躯壳。

人生是伟大的奇迹

[英国]雪莱

人，就是生活；我们所感受的一切，即为宇宙。生活和宇宙是神奇的。然而，对万物的熟视无睹，犹如一层薄薄的雾，遮蔽了我们，使我们看不到自身的神奇。我们对人生倏忽不定的变幻赞叹不已，然而，它本身难道不正是伟大的奇迹？同人生相比，帝国兴衰、王朝更迭何足挂齿！同人生相比，宗教体系、政治体制的兴亡又何足轻重！同人生相比，我们所定居的星球的演变算得了什么？同人生相比，日月星辰的运转与归宿又算得了什么？人生，这伟大的奇迹，我们叹为观止，只因你如此奇妙无比！我们姑且就让那薄薄的雾（我们对这层雾，既了如指掌，却又感到变幻莫测），遮蔽我们的视线吧，否则，我们的惊异感会吞没、惊慑那引起惊异的客体！

　　倘若有任何一位艺术家，仅仅在心目中想象出太阳、恒星、行星诸星系（假设它们不曾在世间存在过），又用语言或画笔描绘出今夜的天穹所呈现的景观，然后以天文学的智慧对诸星系进行阐述解释，那么，我们会对他推崇备至的：如果有任何一位艺术家，凭他的想象勾勒出地球的景致：山峦、海洋、河流、草木、花朵、森林中形形色色的叶子，日落日出时的云蒸霞蔚，混浊清明的大气中的色彩层次（假设这一切以前也不曾在世间存在过），那么，毫无疑问我们会对他惊叹不已。如果以"除了上帝与诗人，无人配称创造者"来称赞这位艺术家，这实在不是出于虚浮的吹捧。然而，此刻，人们只是不经意地打量着这一切——日月、星辰，山川，河流、山脉……而以极度的快乐意识到这一切的人则被盛赞为"教养良好""卓尔不群"，芸芸众生对此是漠不关心的。这就是人生，包容一切的人生在人间所受的待遇。

　　什么是人生？我们的思想与情感有意识的或无意识的都会在脑海中涌现，而我们便运用言辞来表达它们，我们降临到世间，然而，呱呱坠地的时刻早已被我们淡忘，婴孩时代不过是记忆中破碎的残片，我们活下来了，可在生活中，我们失却了对生活的领悟，如果以为透过我们的言辞便能洞穿人生的秘密，这是何等狂妄自大！诚然，言辞倘若运用得当，的确能使我们明白自身的无知，不过仅此而已，而这已足人愿了！因为，我们无法回答：我们究竟是什么，我们来自何处，又欲往何方？降临世间是否即为存在之始，而死亡是否即为存在之终？诞生是什么？死亡又是什么呢？

　　精密抽象的逻辑学，抹去了涂在人生表面的那层油彩，为我们展现出一幅惊心动魄的人生画面。然而，面对如此惊心动魄的画面，人们却已经习以为常，只感到它年复一年，周而复始。有哲学家宣称，只有被感知的事物才存在。我要承认，我自己就是这一学说的赞同者。

　　然而，由于这一论断与我们固有的信念背道而驰，我们固有的信念便千方百计地与它抗衡。在我们心悦诚服之前，我们的脑海里早已有这样一种定论：外在的世界是由"梦幻的物质"构成的。通俗哲学这种荒谬绝伦的意识观与物质观，在伦理道德观念上产生了致命的后果。这一切以及这种哲学在万物本原问题上极端的教条主义，曾使我一度陷入唯物论。这种唯物论对于年轻肤浅的心灵是一个富有诱惑力的体系。它允许信徒谈论，却"豁免"了其思索权。不过，我所不满足的是它的物质观。我认为，人是一种志存高远的存在，他"前见古人，后观来者"，他的"思想，徜徉于永恒之中"，与倏忽无常，瞬息即逝绝缘。他无法想象万物的湮灭，他只在"未来"与"过去"中存在：无论他真正的、最终的归宿如何，在他心中永远存在着一个精灵，与虚无、死亡为敌。这是一切生命、一切存在的特征。每一个生命与存在既是圆心，同时又是圆周，既是万物所指向的点，又是包含万物的线。这种观照为唯物论及通俗哲学的物质观、意识观所不容，然而，它与智力体系却是相投的。

冗长地介绍早已为探索的心灵所熟知的观点显得可笑。一个论题深奥的作者尽可以对他们发表演说，或许在威廉·德拉蒙德的《学术问题》中，我们可以找到对智力体系最清晰有力的论证。经过他的一番讲评，再用其他言语来转译就显得徒劳无益了，这种转译只能丧失原作的生动与贴切；如果人们一个论点一个论点、一字一句地审读德拉蒙德论著的整个推理过程，最明智的人不难发现他思想的混乱，他的推理并不最终导向论述过的结论。

然而，承认智力体系可以成立之后，接下来又是什么呢？智力体系并没有建立新的真理，对于人的天性的外在表现或天性本身也没有更新的发现。它旨在形成一种哲学。作为这个日益更新的时代之先驱，这种哲学任重而道远。智力体系朝着它的目标前进了一步，它致力于消除谬误及其根源。它留下的空白，往往是政治、伦理问题的改革者所应留下的。它使人的意识获得一种自由，倘若不是由于人们对于言语及符号——人的意识本身创造出来的工具的误用，这种自由就会发挥作用。符号，这里作广义理解，既包括该词通常的意义，还包含我所特指的意义。在特指意义中，几乎一切熟悉的客体都是符号，不是象征这些客体本身，而是代表其他事物。这些事物具有启示一种思想的能力，从这种思想中，可导引出一连串的思想。因而，在这个意义上说，我们整个的人生就是一场关于谬误的教育。

我们不妨回想一下儿时对事物的感受力。那时，对于世界和自身，我们抱有怎样独特而热切的理解啊！今天，许多当初对我们至关重要的社会情境已时过境迁。不过，这不是我执意对比的要点。那时候，我们并不像今日这般习惯性地在我们的所见所感与我们自身之间画一道分界线，似乎它们已经融为一体。就这点而言，有些人永远是孩子，他们沉湎于一种梦幻状态，在这种"出神入化"的状态下，他们感到天性仿佛已返璞归真，溶入周围的宇宙中，或者周围的宇宙已经与其自身同化。天人合一，物我两忘——他们意识不到差别。这种状态往往是对人生热切而生动的理解的序曲、间奏或尾声。随着人们年龄的增长，这种力量渐渐衰退，变成机械性的、习惯性的力量。这样，感情与推理渐渐演变成一堆缠结不清的思想以及因反复重现所形成的所谓印象。

智力体系最精密的，演绎所展示的人生观是统一的。万物以其被感知的方式存在着。人们以"观念"与"外在客体"之名粗浅地对思维的两种类型加以区分，然而，这两者之间的差别只是名义上的。同理，依照这种演绎方式，各不相同的个体的意识（它与我们现在正在使用以审度自身之本性的东西相类似）也同样可能只是一种幻觉。"我""你""他们"这些词语并不是标志观念集合体实际区别的符号，而不过是人们用来指示一个心灵的不同变体的修饰语与符号。

不过，请不要误以为这种学说导致了这样一个狂妄的推论，即：我，一个现在正在写作、思考的人，就代表那"一个心灵"。我，只不过是它的一部分。"我""你""他们"这些词语不过是为了排列组合而创设的语法手段，根本不带通常附属于它们的那种严格、专一的意义。找到合适的名称来表达"理性哲学"所传递给我们的那种微妙的观念是很难的。我们正濒临为词语抛弃的边缘。如果我们俯视一下自身无知的黑暗深渊，我们会头晕目眩，我们将何等惊异！

不过，事物之间的关系没有因任何"体系"而变更。所谓"事物"一词，我们可理解为思想的任何客体，也可以是任何一个以明澈的分辨力对之进行思考的思想。这些事物之间的关系仍然未变，并成为我们所获得的知识的原材料。

人生的起因究竟是什么？或者说，人生究竟是如何产生的？是什么样的力量在主宰人生？有史以来，人类煞费苦心地试图对这一问题作出解答，其结果为——诉诸宗教。然而，万物的基础不可能是通俗哲学所宣称的意识，这一点是显而易见的。意识（倘若我们逾越了对意识属性切实体验这一范畴，一切论证将显得多么徒劳无益！）不可能创造，它只能感知。尽管意识被说成是人生的原因，然而，"原因"一词不过反映出人类意识的一种状态。它表达的是人们所理解的彼此相关的两个观念相互关联的一种方式，倘若任何人想知运用通俗哲学来解答这一重大问题是何等力不从心，那么他们只需不带偏见地回顾一下自己意识中的各种观念是如何发展的就可以了。意识的来源，也即存在的来源，是和意识本身毫不相同的。

爱

[英国]劳伦斯

爱是尘世的幸福，但幸福并非满足的全部。爱是相聚，但没有相应的分离就没有相聚。在爱中，一切都凝聚为欢乐和礼赞，但是如果它们以前不曾分离，它们就不会在爱中凝聚。一旦聚成一体，这爱就不再发展。爱就像一股潮水，在一瞬间完成了，随后必有退潮。

所以，相聚取决于分离；心脏的收缩取决于其舒张；潮涨取决于潮落。从来不会有永恒不灭的爱。正如海水绝不会在同一刻覆盖整个地球，绝不会有毫无疑问的爱的鼎盛。

这是因为，爱，严格来说是一种旅行。"旅行总比到达强"，有人这样说。这就是怀疑的本质，这意味着坚信爱是相对的永恒，这意味着相信爱是手段而非目的。严格地说，这意味着对力量的相信，因为爱就是一种凝聚的力量。

我们何以相信力量？力量是功能型的东西，是工具；它既不是开始也不是结束。我们旅行是为了到达目的地，而不是为旅行而旅行，后者至少是徒劳的。我们是为到达目的地而旅行的。

而爱就是一种旅行，是一种运动，是相聚。爱是创造的力量，但任何力量，无论精神还是肉体的，都有其正负两极。任何坠落的东西，都是受地球引力而落。不过，难道地球不是靠其反引力甩掉了月亮并且在时光久远的天空中一直牵制着月亮？

爱亦然。爱，就是在创造的欢欣中使精神与精神、肉体与肉体相吸的引力。但是，如果一切都束缚在爱之中，就不会有再多的爱了。因此说，对那些相爱中的人来说，旅行比到达终点更好。因为，到达意味着穿过了爱，或者干脆说，以一种新的超越完成了爱。到达，意味着走完爱旅之后的巨大欢乐。

爱的束缚！还有什么束缚比爱的束缚更坏呢？这是在试图阻挡高潮；是要遏止春天，永不让五月渐入六月，永不让山楂树落花结果。

这一直是我们的不朽观——爱的无限、爱的广博与狂喜。可这难道不是一种监牢或束缚吗？除了时光的不断流逝，哪有什么永恒？除了不断穿越空间的前进，哪有什么无限？永恒，无限，这是我们有关停息和到达的了不起的想法。可永恒无限只能意味着不断的旅行。永恒就是穿越时间的无边的旅行，无限就是穿越空间的无边的旅行，我们怎样争论也是这样。不朽，不过也是这个意思罢了。继续，永生，永远生存与忍受，这不就是旅行吗？升天，与上帝同在——到达后的无限又是什么？无限绝无终点。当我们确实发现上帝意味着什么，无限意味着什么，不朽意味着什么时，我们发现它们同样意味着不止的继续，朝一个方向不断旅行。朝一个方向不息地旅行，这就是无限。所谓爱之上帝就是爱的力量无限发展的意思。无限没有终点。它是死胡同，或者说它是一个无底洞也行。爱的无限难道不是死胡同或无底洞么？

爱是向其目标的行进。因此它不会向反方向行进。爱是朝天上旅行的。那么，爱要别离的是什么呢？是地狱，那儿有什么？归根结底，爱是无限的正极。那负极是什么？正负极一样，因为只有一个无限。那么，我们朝天上无限旅行或朝相反方向旅行又有什么不同？既然两种情况下获得的无限都一样——无与有意思都一样，那就无所谓是哪一个了。

无限，无限没有目标，它是一条死胡同或者说是一个无底洞。落入这无底洞就是永远旅行了。而一条夹在赏心悦目的墙中间的死胡同是可以成为一重完美的天的。但是，到达一个天堂般宁静幸福的死胡同，这种到达绝不会令我们满意的。落入那个无底洞也绝对要不得。

爱绝非目的，只是旅行而已。同样，死不是目的，是朝另一个方向的旅行，混入自然的混乱之中；是从自然的混乱中，抛出了一切，抛入创造之中。因此说，死也是条死胡同，一只熔炉。

世上有目标，但它既非爱，也非死；既非无限，也非永恒。它是宁静的欢欣之域，是另一个极乐王国。我们就像一朵玫瑰，是纯粹中心的一件奇物，纯粹平衡中的一个奇迹。这玫瑰在时间与空间的中心完美平稳地开放，是完美王国中的完美花朵，不属于时间也不属于空间，只是完美，是纯粹的上帝。

我们是时间和空间的产物。但我们像玫瑰一样，能变得完美，变得绝对。我们是时间和空间的产物，但我们同时也是纯粹超验的动物，超越时空，在绝对的王国这极乐的世界中完美起来。

爱，爱圆全了，被超越了。优秀的情人们总能使爱变完美并超越它。我们像一朵玫瑰，完美地到达了目的地。

爱有着多层意思，绝非一种意思。男女之爱，既神圣又世俗。基督教之爱，说的是"爱邻如爱己"。还有对上帝的爱。但是，爱总是一种凝聚。

只有男女之爱有双重意思。神圣的和世俗的，它们截然相左，可都算爱。男女间的爱是世间最伟大和最完整的激情，因为它是双重的，因为它是由两种相左的爱组成的。男女间的爱是生命最完美的心跳，有收缩也有舒张。

神圣的爱是无私的，它寻找的不是自己。情人对他所爱的人做出奉献，寻求的是与她之间完美的一体交流。但是，男女间全部的爱则是集神圣与世俗于一身的。世俗的爱寻求的是自己。我在所爱的人那里寻找我自己的东西，我与她搏斗是要从她那里夺取到我的东西，我们不分彼此地交织、混溶在一起，她中有我，我中有她。这可要不得，因为这是一种混乱，一场混战。所以我要全然从所爱的人那儿脱身而出，她也从混乱中脱身而去。我们的灵魂中现出一片薄暮之火，既不明亮也不黯淡。那光亮必须纯洁而聚，那黑暗必须退居一旁，它们必须是全然不同的东西，谁也不分享给谁，各自独立。

我们就像一朵玫瑰。我们满怀激情要成为一体，同时又要相分相离。这是一种双重的激情，既要那难言的分离又要那可爱的相连，于是新的形态出现，这就是超验，两个人以全然的独立化成一朵玫瑰的天空。

男女之爱，当它完整的时候，它是双重的。既是在纯粹交流中的溶化，又是纯粹肉欲的摩擦。在纯粹的交流中我完完全全地爱着；而在肉欲疯狂的激情中，我燃烧着，烧出了我的天然本性。我被从子宫里驱赶出来，变成一个纯粹的独立个体。作为独自的我，我是不可伤害的，是独特的，就像宝石，它或许当初就是在大地的混沌中被驱赶出来成了它自己。女人和我，我们就是混乱的尘土。在极端的肉欲爱火中，在强烈的破坏性火焰中，我被毁了，变成了她的他我。这是破坏性的火焰，是世俗的爱。但这也是唯一能净化我们，让我们变成独自个体的火焰，把我们从混乱中解脱出来，成为独特的宝石一样的生命个体。

男女之间完整的爱就是如此具有双重性：既是融化成一体的爱，又因着满足肉欲的强烈摩擦而燃烧殆尽，燃成清晰独立的生命，真是不可思量的分离。但男女间的爱绝非都是完整的。它可以是绅士派的融为一体，像圣芳济、圣克莱尔、柏桑尼的玛丽和耶稣。对于他们，没有分离、独立和独特的他我可讲。这是半爱，即所谓神圣的爱。这种爱懂得最纯粹的幸福。而另一种爱呢，可能全然是满足肉欲的可爱的战斗，是男人与女人间美丽但殊死的对抗，像特里斯坦和伊索德那样，这是些最骄傲的情人，他们打着最壮观的战旗，是些个宝石样的人——他，纯粹孤独的男人，有宝石般孤独而傲慢的男性；她是纯粹的女人，有着百合花般美丽而傲慢芬芳的女性。这才是世俗的爱，他们太独立，终被死亡分开，演出了一场多姿多彩辉煌的悲剧。但是，如果说世俗的爱终以令人痛心的悲剧而告结束，那神圣的爱留下的则是痛楚的渴望和压抑的悲凉。圣芳济死了，剩下圣克莱尔哀伤不已。

两种爱——交流的甜美之爱和疯狂骄傲的肉欲满足之爱，合二为一，我们才能像一朵玫瑰。我们甚至超越了爱。我们两个既相通又独立，像宝石那样保持自身的个性。玫瑰包含了我们也超越了我们，我们成了一朵玫瑰，但也超越了玫瑰。

基督教之爱——即博爱——永远是神圣的。爱邻如爱己。还有什么？我被夸大了，我超越了我自己，我成了整个完美的人类。在完美的人类中我成了个完人。我是个微观世界，是巨大微观世界的缩影。我说的是，男人可以成为完美的人，在爱中变得完美，可以只成为爱的造物。那样，人类就成了爱的一体，这是那些爱邻如爱己的人们的完美未来。

可是，天啊，尽管我可以是那微观世界，可以是博爱的样板，我仍要独立，成为宝石样孤独的人，与别人分离，像一头狮子般傲慢，像一颗星星般孤独。这是我的必然。越是不能满足这种必然，它就变得愈强烈，全然占据我的身心。

我会仇恨我的自我，强烈地仇恨这个微观世界，这个人类的缩影。我愈是成为博爱的自我，我愈是发疯地仇视它。可我还是要坚持成为整个相爱的人类的代表，直到那未被满足的向往孤独的激情驱使我去行动。从此我就可以恨我的邻居，像恨我自己一样。然后灾难就会降临到我的邻居和我的头上！神要毁灭谁，必先让他发疯。我们就是这样发疯的——我们不会改变可憎的自我，而潜意识中对自我的反抗又驱使着我们去行动。我们感到惊诧、晕眩，在博爱的名义下，我们无比盲目地走向了博恨。我们正是被自身分裂的两重性给逼疯了。神要毁灭我们，只因为我们把它们惯坏了。这是博爱的终结，自由、博爱、平等的结束。当我不能自由地成为别的而只能是博爱与平等时，哪里还有什么自由？如果我要自由，我就一定要能自由地分离，自由地与人不平等。博爱和平等，这些是暴君中的暴君。

必须有博爱，有人类的完整。但也必须有纯洁独立的个性，就像狮子和苍鹰那样独立而骄傲。必须两者都有。在这种双重性中才有满足。人必须与他人和谐相处，创造性地、幸福地和谐相处，这是一种巨大的幸福。但人也必须独立地行动，与他人分离，自行自责，而且充满骄傲，不可遏止的骄傲，自顾自走下去，不理会他的邻居。这两种运动是相悖的，但它们绝不相互否定。我们有理解力。我们只有理解这一点，才能在这两种运动中保持完美的平衡——我们是独立、孤独的个人，也是一个伟大和谐的人类，那样，完美的玫瑰就能超越我们。这玫瑰尚未开放过，但它会开放的——当我们开始理解了这两个方面并生活在两个方向中，自由自在毫无畏惧地追随肉体和精神最深处的欲望，这欲望来自于"未知"。

最后，还有对上帝的爱，我们与上帝在一起时才完整。但是我们知道，上帝要么是无限的爱，要么就是无限的骄傲和权力，不是这个就是那个。基督或耶和华，总是一半排斥另一半。因此说，上帝永远好妒忌。如果我们爱一个，早晚必要仇恨这一个，而选择另一个。这是宗教经验的悲剧。但是，那不可知的圣灵却只有完美的一个。

还有我们不可去爱的，因为它超越了爱或恨。还有那未知和不可知的东西，它是所有创造的建议者。我们无法爱它，我们只能接受它，把它看做是对我们的局限和对我们的恩准。我们只知道是从未知那里我们获得了深广的欲望，满足这些欲望就是满足了创造。我们知道玫瑰就要开放。我们知道我们正含苞待放。我们要做的就是忠诚地、纯粹按自发的道德随着冲动而行，因为我们知道玫瑰是会开放的，懂得这一点就够了。

幸　福

[英国]巴克莱

乔治·巴克莱（1685—1753）英国哲学家，是经验论的主要代表之一。其主要哲学著作有：《视觉新论》《人类知识原理》和《海拉斯和斐洛诺斯的三篇对话》。

幸福的生活有三个不可缺的因素：

一是有希望。

二是有事做。

三是能爱人。

有希望

亚历山大大帝有一次大送礼物，表示他的慷慨。他给了甲一大笔钱，给了乙一个省份，给了丙一个高官。他的朋友听到这件事之后，对他说："你要是一直这样做下去，你自己会一贫如洗。"亚历山大回答说："我哪会一贫如洗，我以为我自己留下的是一份最伟大的礼物。我所留下的是我的希望。"

一个人要是只生活在回忆中，却失去了希望，他的生命已经开始终结。回忆不能鼓舞我们有力地生活下去，回忆只能让我们逃避，好像囚犯逃出监狱。

有事做

一个英国老妇人，在她重病自知时日无多的时候，写下了如下的诗句：

现在别怜悯我，永远也不要怜悯我；

我将不再工作，永远永远不再工作。

很多人都有过失业或者没事做的时候，这是他就会觉得日子过得很慢，生活十分空虚。有过这种经验的人都会知道，有事做不是不幸，而是一种幸福。

能爱人

诗人白朗宁曾写道："他望了她一眼，她对他回眸一笑，生命突然苏醒。"

生命中有了爱，我们就会变得谦卑、有生气，新的希望油然而生，仿佛有千百件事等着我们去完成。有了爱，生命就有了春天，世界也变得万紫千红。

最完美的祷告，应该是："主啊，求你让我有力量去帮助别人。"

论老之将至

[英国]罗素

虽然有这样一个标题，这篇文章真正要谈的却是怎样才能不老。在我这个年纪，这实在是一个至关重要的问题。我的第一个忠告是，要仔细选择你的祖先。尽管我的双亲皆属早逝，但是考虑到我的其他祖先，我的选择还是很不错的。是的，我的外祖父六十七岁时去世，正值盛年，可是另外三位祖父辈的亲人都活到八十岁以上。至于稍远些的亲戚，我只发现一位没能长寿的，他死于一种现已罕见的病症：被杀头。我的一位曾祖母是吉本的朋友，她活到九十二岁高龄，一直到死，她始终是让子孙们全都感到敬畏的人。我的外祖母，一辈子生了十个孩子，活了九个，还有一个早年夭折，此外还有过多次流产。可是守寡之后，她马上就致力于妇女的高等教育事业。她是格顿学院的创办人之一，力图使妇女进入医疗行业。她总好讲起她在意大利遇到过的一位面容悲哀的老年绅士。她询问他忧郁的缘故，他说他刚刚失去了两个孙子。"天哪！"她叫道，"我有七十二个孙儿孙女，如果我每失去一个就要悲伤不止，那我就没法活了！""奇怪的母亲。"他回答说。但是，作为她的七十二个孙儿孙女的一员，我却要说我更喜欢她的见地。上了八十岁，她开始感到有些难于入睡，她便经常在午夜时分至凌晨三时这段时间里阅读科普方面的书籍。我想她根本就没有工夫去留意她在衰老。我认为，这就是保持年轻的最佳方法。如果你的兴趣和活动既广泛又浓烈，而且你又能从中感到自己仍然精力旺盛，那么你就不必去考虑你已经活了多少年这种纯粹的统计学情况，更不必去考虑你那也许不很长久的未来。

至于健康，由于我这一生几乎从未患过病，也就没有什么有益的忠告。我吃喝皆随心所欲，醒不了的时候就睡觉。我做事情从不以它是否有益健康为根据，尽管实际上我喜欢做的事情通常是有益健康的。

从心理角度讲，老年需防止两种危险。一是过分沉湎于往事。人不能生活在回忆当中，不能生活在对美好的往昔的怀念或对去世的友人的哀念之中。一个人应当把心思放在未来，放到需要自己去做点什么的事情上。要做到这一点并非轻而易举，往事的影响总是在不断地增加。人们总好认为自己过去的情感要比现在强烈得多，头脑也比现在敏锐。假如真的如此，就该忘掉它；而如果可以忘掉它，那你自以为是的情况就可能并不是真的。

另一件应当避免的事是依恋年轻人，期望从他们的勃勃生气中获取力量。子女们长大成人之后，都想按照自己的意愿生活。如果你还像他们年幼时那样关心他们，你就会成为他们的包袱，除非他们是异常迟钝的人。我不是说不应该关心子女，而是说这种关心应该是含蓄的，假如可能的话，还应是宽厚的，而不应该过分地感情用事。动物的幼子一旦自立，大动物就不再关心它们了。人类则因其幼年时期较长而难于做到这一点。

我认为，对于那些具有强烈的爱好、其活动又都恰当适宜、并且不受个人情感影响的人们，成功地度过老年绝非难事。只有在这个范围里，长寿才真正有益；只有在这个范围里，源于经验的智慧才能不受压制地得到运用。告诫已经成人的孩子别犯错误是没有用处的，因为一来他们不会相信你，二来错误原本就是教育所必不可少的要素之一。但是，如果你是那种受个人情感支配的人，你就会感到，不把心思都放在子女和孙儿女身上，你就会觉得生活很空虚。假如事实确是如此，那么当你还能为他们提供物质上的帮助，譬如支援他们一笔钱或者为他们编织毛线外套的时候，你就必须明白，绝不要期望他们会因为你的陪伴而感到快活。

有些老人因害怕死亡而苦恼。年轻人害怕死亡是可以理解的。有些年轻人担心他们会在战斗中丧生。一想到会失去生活能够给予他们的种种美好事物，他们就感到痛苦。这种担心并不是无缘无故的，也是情有可原的。但是，对于一位经历了人世的悲欢、履行了个人职责的老人，害怕死亡就有些可怜且可耻了。克服这种恐惧的最好办法是——至少我是这样看的——逐渐扩大你的兴趣范围并使其不受个人情感的影响，直至包围自我的围墙一点一点地离开你，而你的生活则越来越融合于大家的生活之中。每一个人的生活都应该像河水一样——开始是细小的，被限制在狭窄的两岸之间，然后热烈地冲过巨石、滑下瀑布。渐渐地，河道变宽了，河岸扩展了，河水流得更平稳了。最后，河水流入了海洋，不再有明显的间断和停顿，而后便毫无痛苦地摆脱了自身的存在。能够这样理解自己的一生的老人，将不会因害怕死亡而痛苦，因为他所珍爱的一切都将继续存在下去。而且，如果随着精力的衰退，疲倦之感日渐增加，长眠并非是不受欢迎的念头。我渴望死于尚能劳作之时，同时知道他人将继续我所未竟的事业，我大可因为已经尽了自己之所能而感到安慰。

至 美

[英国]罗素

　　结合有三种：思想之结合、情感之结合、意志之结合。思想之结合是知识，情感之结合是爱，意志之结合是服务。分裂也有三种：错误、憎恨、斗争。促进分裂的是本能，也就是人的兽性部分；促进结合的是知识、爱和相继而来的服务，那种组合就是智慧，是人的至美。

　　本能生活将世界看作是达到本能目的的手段，因此它认为世界不如自己重要。它使知识限于有用的东西；使爱限于敌对本能的冲突中的盟友；使服务限于对那些本能上与己有关的人。它所居住的世界是一个狭小的世界，被陌生的或敌对的力量所包围，它被囚禁于一个被围困的堡垒里，它知道最后的降服是不可避免的。

　　智慧生活所寻求的是无私的目的，其中没有竞争，没有仇恨。它所寻求的结合是无限的，它想知道一切，爱一切，为一切服务。它到处为家，没有墙垣能阻止它的前进。在知识方面，它不分有用与无用；在爱方面，它不分敌友；在服务方面，它不分应得的和不应得的。

　　人的兽性部分，由于知道个人生命的短暂与无能，就害怕死亡，而且由于不愿承认挣扎的徒然，就假定一种延长，在那种延长中，失败将转为成功。人的神性部分由于感觉到个人是无关紧要的，所以不重视死亡，而且觉得希望并非有赖于个人生命的延续。

　　人的兽性部分充满了自己的欲望的重要性，因此觉得宇宙觉察不到那种重要性是令自己不可忍受的。外界对它的希望或恐惧之淡漠令人痛苦到不可思议的地步，因此它认为那种淡漠是无可容忍的。人的神性部分不需要外界遵照一个范本，它接受世界而且在智慧中获得一种无求于世界的结合。它的精力不被那好像是敌对东西所阻挠，而是深入它，与它合而为一。那是我们的理想力量，而不是虚弱，使我们害怕承认理想是我们的而非世界的。我们和我们的理想必须独立，而且要征服世界的淡漠。是本能，而不是智慧，使我们觉得征服世界的漠然是困难的而且因害怕征服外界所招致的孤单而战栗。智慧不会感到那种孤独，因为它甚至能和最异己的东西结合。要求我们的理想该在现实世界里实现是智慧必须逃避的最后囚室，仅仅当它无所求的时候，智慧才是自由的。

健康是一种去生活的力量

[英国]曼斯菲尔德

曼斯菲尔德（1888—1923），英国女作家。其作品大多揭露社会的黑暗，也有少数表现生的欣悦。代表作有《幸福》《园会》《鸽巢》《幼稚》等。

我的精神几乎已死亡。我生命的源泉已到了源流堵塞却还没有枯竭的时刻。健康的恢复几乎全是伪装——演戏而已。到了何种程度？我能行走吗？还是只能爬行。能用双手或身体去做什么吗？毫无能力。我是一个彻头彻尾的不可救药的废人。我的生命像什么？像一个寄生虫在苟且偷生。已经五年过去了，我比以往受到更多的束缚。

因此，一旦西藏的大喇嘛许诺要帮助你——你怎能迟疑呢？风险！去承担一切风险！不再顾忌他人之言，不再听那些声音。为你自己而做出最困难的事，为你自己而行动起来。正视事实。

当然契诃夫没有这样做，的确，可他已经死了。让我们活着的人以诚相见。从契诃夫的书信中我们对他了解了多少？完全了解他了吗？当然不。他整个一生都在渴望着什么，而对此却没有什么文字的论述。你不这样认为吗？那么请看他最后的书信吧。他已放弃了希望，如果从那些信件中挖掘那千丝万缕的忧愁伤感，那些内在是令人恐惧的。契诃夫已不复存在，疾病已吞噬了他。

但是，对那些未患病的人来说，这一切都可能是妄言。他们从未走过这种路，又如何理解我此刻的处境？这就更促使我一人勇猛地前行。生活从来不是简单的。不论我们如何谈论生活的神秘性，当我们亲身投入生活时，就会像对待儿童故事一样对待生活……

那么现在，凯瑟琳，你认为健康之意义何在？你愿恢复健康之目的又何在？

答案：健康，我指的是一种去生活的力量，去过那饱满、成熟、生动、充满生机的生活，在与我所爱之物质的密切接触中生活——我爱大地及大地之奇迹——爱海——爱太阳。这就是我们所说的永恒世界。我想进入这个世界，做它中间的一员，在它中间生活，向它学习，甩脱自己身上的一切浅薄及一切后天所得，做有意识的真正的人类之一员。我要通过理解自己去理解别人，我要具备我的能力可能使我得到的一切特点，这样我才能成为（在此我停下了笔并等待着，等待着，这毫无益处——只有一个词可以表达，即：太阳的孩子）。关于帮助别人、传播光明等等，已无须再多言。意在其中：太阳的孩子。

于是我要工作。做什么？我要的是这样的生活，用双手、用感情、用头脑去工作。我要一个花园，一间小舍，我要绿草、动物、书籍、绘画和音乐。在这一切之上我最重要的是写作。（也许我要写的是一个出租车司机，那也无妨。）

温暖的、充满希望与生机的生活——它植根于生命的血脉里——去学习、去了解、去感受、去思索、去行动吧，这是我之所需。不能有丝毫的改变。这是我必须争到的。

生命力

[英国]毛姆

> 毛姆（1874—1956），英国著名小说家、戏剧家。他的作品构思巧妙，生动有趣。代表作有《月亮和六便士》等。

生命力是非常活跃的。生命力带来的欢快可以抵消人们面临的一切艰难困苦。它使生活值得奋斗，因为它在人的内部起作用，用它的辉煌火焰向每个人的处境投射光明，所以人无论怎样忍受，还是忍受得了生活。悲观主义的产生往往是由于你设身处地想象别人的感受。这就是小说之所以那么不真实的多种因素之一。小说家以他的私人小空间为素材，创造一个公众的世界，把自己特有的敏感性、思维能力和感情力量加在他想象的人物身上。大多数人不大有想象力，他们感受不到富于想象力的人觉得无法忍受的坎坷境遇。以私生活不受干扰为例，极贫困的人可以为常，根本不以为然，而我们却对此非常重视，最怕私生活受到干扰。他们嫌恶独处，和人群在一起使他们感到踏实。每一个跟他们在一起的人都会注意到，他们不大妒羡富裕的人。事实是我们认为必不可少的东西，有许多他们并不需要。这是富裕者的运气。因为除非瞎子，谁都可以看到，大城市里的无产阶级全部生活在何等的苦难和纷扰之中。

当我们看到即使在今天，我们习惯于称为文明国家的社会里，人与人之间的关系仍是那么残酷无情，真不能轻易断言他们的生活比过去好。不过，尽管如此，我们还不妨认为这个世界总的说来比历史上过去的世界好了些，大多数人的命运虽然不好，总没有像过去那样可悲可怕。我们有理由希望，随着知识的增长，许多令人深受其苦的邪恶将被消除。尽管还有许多邪恶势力继续存在。我们是大自然的玩物。地震将继续造成惨重灾害。干旱将使谷物枯萎，突然而来的洪水将摧毁人们精心营造的建筑物。唉，人类的愚蠢还将继续发动战争并蹂躏彼此的国土，不能适应生活的婴儿还将继续出生，结果生活将成为他们的沉重负担。世界上的人只要有强弱之分，弱者就一定要被强者逼得走投无路。除非人们摆脱掉私有观念的符咒——我想那是永远不可能的——他们永远要从无力的人手中抢夺他的所有。只要人们自我完成的本能存在一天，他们就会不惜牺牲别人的幸福，恣意发挥自己的这种本能。总而言之，只要人是人，他必须准备面对他所能忍受的一切邪恶和祸患。

因小失大

[美国]富兰克林

本杰明·富兰克林（1706—1790），18世纪美国最伟大的科学家和发明家，著名的政治家、外交家、哲学家、文学家和航海家以及美国独立战争的伟大领袖。

那时，我是个七岁的孩子。在一个假日里，同伴们往我口袋里装满了铜板。我立即向儿童玩具店跑去。路上，我瞧见别的孩子手里拿着哨子，哨子吹出的声音把我迷住了。我就把铜板统统掏出来，换了一口哨子。我回到家里，一蹦三跳地吹着哨子跑遍全屋，为此颇感得意，不想妨碍了一家人。我把买哨子所付的钱告诉哥姐和堂哥姐时，他们说，我付了四个哨子的钱，还对我说，多付的钱本来可以买许多好玩的东西。他们取笑我做了件蠢事，把我气恼得哭了起来。甚至一想到这件事，我所感到的羞辱，超过哨子带给我的乐趣。

然而，这件事一直印在我的脑际，后来对我颇有益处。每当别人引诱我去买一些用不着的东西时，我常常告诫自己，"别对哨子花太多的钱"，我把钱省了下来，及至长大成人，来到大千世界，观察人的一举一动，我想，我遇到了许许多多"对哨子付出了太多的钱"的人。有的人渴望得到宫廷青睐，把时间浪费在宫廷会议上，放弃休息、自由、美德，甚至朋友相求，我认为"这种人对他的哨子付了过高的代价"。有的人争名夺利，时常参与政事，忽视自己的本职工作，最后因此而堕落，我认为，"这种人对他的哨子付出的代价实在太高"。

有的守财奴为了敛财聚富，不惜置一切舒适、一切与人为善的快乐、别人对他的尊敬和友谊的欢乐于不顾。我说："可怜的人啊，你为你的哨子付出了过高的代价。"专事寻欢作乐的人，不努力提高自己的志向或社会地位，忽视健康，只沉溺于眼前的良辰美景。我说："错了，你这样做适得其反，在自找苦吃；你对你的哨子付出了过高的代价。"有的人热衷于修饰仪表，讲究衣着，欲置备美轮美奂的住宅、精雕细琢的家具和富丽堂皇的马车又力所不能及，结果债台高筑。"哎呀，"我感叹道，"他对他的哨子付出了太高太高的代价。"总而言之，人类一切痛苦之事，大都由于对事情的错误估价，亦即"对他们的哨子付出过高的代价"——因小失大。

蜉　蝣

[美国]富兰克林

——人生的一个象征

我亲爱的朋友，上次在芍丽磨坊举行园游会的那天，我们玩得很痛快。那天良辰美景，到会者个个是风雅仕女，可是你也许还记得，我们在散步的时候，我曾经在路上停留了一会儿，落在大家后面。原因是园里有很多蜉蝣的残尸——所谓蜉蝣，是苍蝇一类的小昆虫——有人指给我们看了；而且据说它们的寿命很短，一天之内，生生死死好几代就过去了。我听到之后，信步走去，在一片树叶上面，发现了这种小虫有一群之多。它们似乎在讨论什么东西——你知道我是善知虫语的；我和你往来这么久，可是你们贵国美妙的语言我学来学去，始终进步很少，我如何能替自己解嘲呢？只好说我研究虫语用心过度了。现在这批小虫在举行辩论，我好奇心动，不免凑上前去偷听一番；可是虫虽小，它们的心却大，开起口来，都是三四个一起来的，因此听来很不清楚。偶尔断断续续也可听清一两句，原来它们正在热烈讨论两位外国音乐家的优劣比较——那两位，一位是蚋先生，一位是蚊先生；讨论得非常之热烈，它们似乎忘记了"虫生"的短促，好像很有把握可以活满一个月似的。你们多快乐呀，我这么想，你们的政府一定是贤明公正、宽仁待民的，你们没有牢骚可发，你们也用不着闹党派斗争，你们竟有闲情逸致在这里讨论外国音乐的优劣。我转过头来，看见另一片树叶上有一头白发老蜉蝣，它正在自言自语。我听得很有趣，因此把它笔录下来。我的好朋友的深情厚谊，我已领受很多，她的清风明月的风度，她的妙音雅奏，一向使我倾倒不已，我这一段笔记，无非博她一粲，聊作报答而已。

老蜉蝣说道："我们的哲人学者，在很久很久以前，以为我们这个宇宙（即是所谓芍丽磨坊），其寿命不会超过十八小时的。我想这话不无道理，因为自然界芸芸众生，无不倚赖太阳为生，但是太阳正在自东往西地移动，就在我的这一生，很明显的太阳已经落得很低，快要沉到我们地球尽处的海洋里去了。太阳西沉，为大地周围的海洋所吞，世界变成一片寒冷黑暗，一切生命无疑都将灭亡，地球归于毁灭。地球的寿命一共十八小时，我已经活了七个小时了，说起来时间也真不少，足足有四百二十分钟呢！我们之间有几个能够如此克享高寿的呢？我看见好几代蜉蝣出生、长大，最后又死去。我现在的朋友只是些我青年时代朋友的子孙，可是他们本身，咳，现在是都已不在'虫世'了。我追随他们于地下的时候也不远，因为现在我虽然仍旧步履轻健，但天下无不死之虫，我顶多也只能再活七八分钟而已。我现在还是辛辛苦苦地在这片树叶上搜集蜜露，可是这有什么用呢？我所收藏的，我自己是吃不到的。回忆我这一生，为了我们这树丛里同胞的福利，我参加过多少次政治斗争；可是法律而无道德配合，政治仍旧不能清明，因此为了增进全体蜉蝣类的智慧，我又研究过多少种哲学问题！'道心惟微，虫心惟危'，我们现在这一族蜉蝣必须随时戒慎警惕，否则一不小心，在几分钟之内，就可以变得像别的树丛里历史较为悠久的别族蜉蝣一样，道德沦亡，万劫不复！我们在哲学方面的成就又是多么的渺小！呜呼，我生也有涯而知也无涯。我的朋友常常都来安慰我，说我年高德劭，为蜉蝣中之大老，身后之名，必可流传千古。可是蜉蝣已死，还要身后名何用？何况到了第十八小时的时候，整个芍丽磨坊都将毁灭，世界末日已临，还谈得上什么历史吗？"

我劳碌一生，别无乐趣，唯有想起世间众生，无分人虫，如能长寿而为公众谋利者，这是可以引为自慰的；再则听听蜉蝣小姐蜉蝣太太们的高谈阔论，或者偶然从那可爱的白夫人那里，得到巧笑一顾，或者是清歌一曲，我的暮年也得到慰藉了。

甜美的体验

[美国]爱默生

爱默生（1803—1882），美国后期浪漫主义散文作家。他的作品语言洗练，气势磅礴，被称为"爱默生式风格"。代表作是《论自助》《论超灵》等。

在爱的世界里，个人就是一切，因此即使最冷静的哲学家在叙述一个在自然界漫游着的幼稚心灵从爱情之力那里所受到的恩赐时，他都不可能不把一些有损于其社会天性的话语压抑下来，认为这些是人性的拂逆。因为虽然降落自高天的那种狂喜至乐只能发生在稚龄的人们身上，虽然那种令人迷惑到如狂如癫，难以比较分析的冶艳丽质在人过中年之后已属百不一见，然而人们对这种美妙情景的记忆却往往最能持久，超过其他一切记忆，而成为鬓发斑斑的额头上的一副花冠。但是这里所要谈的却是一件奇特的事（而且有这种感触的非止一人），即人们在重温旧事时，他们会发现生命的书册中最美好的莫过于其中某些段落所带来的回忆，在那里，爱情仿佛对一束偶然与琐细的情节投射了一种超乎其自身意义而且具有强烈诱惑的魅力。

在他们回首往事时，他们必将发现，一些自身并非符咒的事物往往给这求索般的记忆带来了比曾使这些回忆免遭泯灭的符咒本身更多的真实性。但是尽管我们的具体经历如何千差万别，一个人对于那种力量对他心神的侵袭总是不能忘怀的，因为这会将一切重新造就；这会是他身上一切音乐、诗歌与艺术的黎明；这会使整个大自然紫气溟濛，雍容华贵，使昼夜晨昏冶艳迷人，大异于往常；这时某个人的一点声音都能使他心惊肉跳，而一件与某个形体稍有联系的卑琐细物都要珍藏在那琥珀般的记忆之中；这时只要某个人稍一露面就会令他目不暇接，而一旦这人离去又将使他思念不已；这时一个少年会对着一扇彩窗终日凝眸，或者为着什么手套、面纱、缎带，甚至某辆马车的轮轴而系念极深；这时地再荒僻，人再稀少，也不觉它荒僻稀少，因为这时他头脑中的深情厚谊、音容笑貌比旧日任何一位朋友（不管这人多纯洁多好）所能带给他的都更丰富和甜美得多；因为热恋对象的体态举止与话语并不像某些影像那样只是书写在水中，而是像塔克所说的那样，"釉烧在火中"，因而成了夜半时分爱人梦想的对象。这时正是：

"你虽然已去，而实未去，不管你现在何处。你留给了他你炯炯的双眸与多情的心。"

论　美

[法国]伏尔泰

弗朗索瓦—马利·阿鲁埃（1694—1778），伏尔泰是他的笔名。法国启蒙思想家、文学家、哲学家，被誉为"法兰西思想之王""法兰西最优秀的诗人""欧洲的良心"。

如果问一只雄癞蛤蟆美是什么，绝对的美是什么？它就会回答说是它的雌癞蛤蟆，因为她的小小的头上有两只凸出的又大又圆的眼睛，有一只又大又平的鼻子，并有黄色的肚皮和褐色的后背。如果问一个来自几内亚的黑人美是什么？他便会说，美就是黑得油亮的皮肤，深陷的眼睛和一个扁平的鼻子。

如果问魔鬼，他会告诉你美是一对角，四只爪子和一条尾巴。最后，如果去向哲学家们请教，他们的回答将是夸大了的胡言乱语，他们认为美就是某物符合美的原型并在本质上与其是一致的。

我曾经和一个哲学家一起去看一出悲剧。"多么美好！"他说道。"你在这里面发现了什么美好的东西？"我问他。"是因为作者已达到了他的目的。"他说。第二天他吃了一些对身体有好处的药。"它达到了它的目的。"我告诉他说，"多么美好的药！"他意识到不能说药是美好的，并意识到在你把美这个词运用到任何事物以前，它一定在你身上引起了敬佩和愉悦的感情。他同意说那悲剧在他身上引起了这两种感情，并说这就是美。

我们一起去了英国：同样那出戏也在那里上演，翻译得一字不差；可它使得所有的观众都打起了哈欠。"呵，呵！"他说，"美的理念对英国人来说和对法国人来说不一样。"良久思索以后，他得出结论：美是很相对的，就如同在日本是正派的事到了罗马就不正派，在巴黎是时髦的东西到了北京就未必是，于是他使自己省却了写一篇有关美的长篇论文的麻烦。

论友谊

[法国]伏尔泰

这是心灵的联姻，是两个情感和善良的人之间的契约。所谓有情感，是因为一个修道士、一个孤独者也许一点也不坏，但他们活着却不知友谊为何物。所谓善良，是因为邪恶者只有帮凶，好色之徒在放荡淫逸中有其同伴，追求私利者有其同伙，政客周围有各种宗派，君主有其朝臣，就连无赖也有其小团伙，只有善良的人才有朋友。赛特古斯是喀提林的帮凶，梅赛纳斯是奥克塔维科斯的朝臣，而西塞罗则是阿提库斯的朋友。

两颗亲密诚实的心之间的契约中包含什么内容呢？它的牢固与否取决于朋友间情感的深厚程度以及各自给予对方的多少等等。

希腊人和阿拉伯人对友谊的热情比我们要高。这些民族创作的关于友谊的故事令人敬佩，我们没有像他们一样的故事，我们对一切事物都有点冷漠。

友谊在希腊人中是关于宗教和立法的问题。在底比斯有一个情人军团——一个优秀的军团，有人猜测它是一个男子同性恋军团。他们错了，这是把非主要的东西当成了本质的东西。在希腊人中，友谊由宗教和法律规定下来。不正当的性关系不幸被习俗容忍了，我们决不能把不体面的陋习归咎于法律。

论闲逸

[法国]蒙田

我们看见的旷地，倘若土地肥沃，那它必定丛生着各种叫不上名的野草。想要好好利用它，便需把它清理及散播好的种子。正如我们看见的妇人，如果任她们自己，只能产生不成形的肉块。必定施以良种，然后才能得到自然的好后嗣。心灵亦然，倘若没有一定的主意占据着它，把它的范围约束住，它必定无目标地到处漂流于幻想的空泛境域里。

灵魂如果没有确定的目标，它就会丧失自己。因此，俗语说得好，无所不在等于无所在。

一个人倘若隐居家里，决意在可能的范围内，不理旁事，闲逸以度这短促的余生。这似乎对他的心灵没有更大的恩惠，除非让它在闲暇里款待自己，逗留和安居在它自己身上。

读书能明智，能获得乐趣。但是，倘若读得过度，变成书呆子，便只剩兴味索然了。此外，可能还会损害身体，而快乐和健康却是我们最宝贵的，倘若结果竟弄到有损身心的地步，

那么我们就抛开书本吧。

有人认为，从书上所得的弥补不了所失的，这样的观点是值得支持的。长期以来感到身体不适、健康欠佳的人到头来只好听从医生的吩咐，请大夫规定一定的生活方式，不复逾越。

退隐的人也是如此，他对社交生活失去兴趣，及至深感厌烦。他只得按理性的要求设计隐居生活，通过深思熟虑凭自己的见解好好地加以安排。他应当排除一切劳累困扰，不论它以何种形式呈现。他也应当摆脱有碍于身心宁静的世俗之欲，而选择最符合自己性情的生活之路。

不管是主持家政钻研学问，或是外出狩猎，或处理其他事务，都应

当以不失乐趣为准则。要注意不要超过这个极限，不然苦便会开始掺进乐中来。

要想保持良好状态，一定量的学习任务和工作量是必不可少的，这也是避免另一极端即慵懒、怠惰所引起的不适的必需。我们的用功、处事就只应以此为度。

对书本的选择，当选有趣而且易读的。因为此类书籍能调剂我们的精神，给我们带来慰藉。此外还可以选择那些能教导我们处理好生死问题的书籍。至于那些艰深难懂的学科，我们不选也罢，留给那些所谓的专家们去探讨吧。

我们务须全力抓紧去享受生活的乐趣，消逝的岁月正将我们眷恋的欢乐逐一夺走。

尽情享乐吧，我们只此一生。

明天你只留下余灰，

化作幽灵，一切归于乌有。

论创造

[法国]罗曼·罗兰

生命是一张弓，那弓弦是梦想。箭手在何处呢？

我见过一些俊美的弓，用坚韧的木料制成，了无节痕，谐和秀逸如神之眉；但仍无用。

我见过一些行将震颤的弦线，在静寂中战栗着，仿佛从动荡的内脏中抽出的肠线。它们绷紧着，即将奏鸣了……它们将射出银矢——那音符——在空气的湖面上拂起涟漪，可是它们在等待什么？终于松弛了。永远没有人听到乐声了。

震颤沉寂，箭枝纷散；

箭手何时来捻弓呢？

他很早就来把弓搭在我的梦想上。我几乎记不起何时我曾躲过他。只有神知道我怎么地梦想！我的一生是一场梦。我梦着我的爱，我的行动和我的思想。在晚上，当我无眠时；在白天，当我白日幻想时，我心灵中的谢海莱莎特就解开了纺纱竿，她在急于讲故事时，把她梦想的线索搅乱了。我的弓跌到了纺纱竿一面。那箭手，我的主人，睡着了。但即使在睡眠中，他也不放松我。我挨近他躺着；我像那把弓，感到他的手放在我光滑的木杆上；那只丰美的手那些修长而柔软的手指，它们用纤嫩的肌肤抚弄着在黑夜中奏鸣的一根弦线。我使自己的颤动溶入他身体的颤动中，我战栗着，等候苏醒的瞬间，那时神圣的箭手就会把我搂入他怀抱里。

所有我们这些有生命的人都在他掌中；灵智与身体、人，兽，元素——水与火——气流与树脂——一切有生之物……

生存何足道！要生活，就必须行动。您在何处？我在向您呼吁，箭手！生命之弓在您脚下阑珊地横着。俯下身来，拣起我吧！把箭搭在我的弓弦上，射吧！

我的箭如飘忽的羽翼，嗖地飞去了；那箭手把手挪了回来，搁在肩头，一面注视着向远方消失的飞矢；而渐渐的，已经射过的弓弦也由震颤而归于凝止。

神秘的发泄！谁能解释呢？一切生命的意义就在于此——在于创造的刺激。

万物都在期待着在这刺激的状态中生活着。我常观察到我们那些小同胞，那些兽类与植物奇异的睡眠——那些禁锢在茎衣中的树木、做梦的反刍动物、梦游的马、终身懵懵懂懂的生物。而我在他们身上却感到一种不自觉的智慧，其中不无一些郁悒的微光，显出思想快形成了：

"究竟什么时候才行动呢？"

微光隐没。他们有入睡了，疲倦而听天由命……

"还没到时候呐。"

我们必须等待。

我们一直等待着，我们这些人类。时候毕竟到了。

可是对于某些人，创造的使者只站在门口。对于另一些人，他却进去了。他用脚碰碰他们：

"醒来！前进！"

我们一跃而起。咱们走！

我创造，所以我生存。生命的第一个行动是创造的行动，一个新生的男孩刚从母亲子宫里冒出来时，就立刻洒下几滴精液。一切都是种子；身体和心灵均如此。每一种健全的思想是一颗植物种子的包壳，传播着输送生命的花粉。造物主不是一个劳作了六天而在安息日上休憩的有组织的工人。安息日就是主日，那伟大的创造日。造物主不知道还有什么别的日子。如果他停止创造，即使是一刹那，他也会死去。因为"空虚"会张开两腭等着他……

腭骨，吞下吧，别作声！巨大的播种者散布着种子，仿佛流泻的阳光；而每一颗撒下来的渺小种子就像另一个太阳。倾斜吧，未来的收获，无论肉体或精神的！精神或肉体，反正都是同样的生命之源泉。"我的不朽的女儿，刘克屈拉和曼蒂尼亚……"我产生我的思想和行动，作为我身体的果实……永远把血肉赋予文字……这是我的葡萄汁，正如收获葡萄的工人在大桶中用脚踩出的一样。

因此，我一直创造着……

幸　福

[法国]卢梭

让·雅克·卢梭（1712—1778），法国启蒙思想家、哲学家、文学家。主要理论著作有《民约论》等，文学作品有小说《新爱洛绮丝》、自传性的《忏悔录》及歌剧六部等。

幸福是游移不定的，上苍并没有让它永驻人间。世界上的一切都瞬息万变，不可能寻索到一种永恒。环顾四周，万变皆生。我们自己也处于变化之中，今日所爱所慕到明朝也许荡然无存。因此，要想在今生今世追索到至极的幸福，无异于空想，明智之举是当我们惬意时便纵情享乐，不可因一念之差而失满足的情趣；同时，也别想将片刻之乐永系在身，这种念头只能是无望痴心。所谓幸福者殊有所见，也许这种人压根就不存在；而心满意足之人则随处可见。在所有给我以深刻印象的事物中，最令我中意的便是这种满足之情。此种情感缘于我的感觉的强烈驱使，是我之所见所闻的必然结果。幸福并没有悬挂招牌。欲同它相识相随，唯一的途径便是走入幸福者的内心。而心满意足的情绪却可以得之于人的眼神、举止、言谈、步履，让旁人受其感染，不由自主地随之投入。当你在节日里看到人们尽情欢乐、喜笑颜开、神情容颜中流露出穿透生活阴霾的喜悦之情时，难道不会感到这是生活中最甜美的享受吗？

永／恒／的／经／典

195

关于爱情

[法国]拉罗斯福哥

拉罗斯福哥（1613—1680），法国作家。代表作有《箴言集》，反映作者的愤世思想和悲观情绪。

给爱情下定义是困难的，我们只能说："在灵魂中，爱是一种占支配地位的激情；在精神中，它是一种相互的理解；在身体方面，它是我们对躲在重重神秘后面的被我们所爱的一种隐秘的羡慕和优雅的占有。"

如果有一种不和我们其他激情相掺杂的纯粹的爱，那就是这种爱，它隐藏在心灵深处，甚至我们自己也觉察不到它。

爱情不可能长期隐藏，也不可能长期假装。

当我们根据爱的主要效果判断爱时，它更像是恨而不是爱。

爱情只有一种，其副本却成千上万，千差万别。

爱情和火焰一样，没有不停的运动就不能继续存在，一旦它停止希望和害怕，它的生命也就停止了。

爱情的坚贞不渝实际上是一种不断的变化无常，这种变化使我们的心灵相继依附于我们爱人的各种品质之上，迅即给予其中一个以偏爱，又迅即转到另一个，因此，这种坚贞不渝不过是发生在同一主体中的一种周而复始的变化。

在爱情中有两种坚贞不渝：一种是由于我们不断地在我们的爱人那里发现可爱的新特点，另一种则不过是由于我们想获得坚贞不渝的名声。

青春是一种不断的陶醉，是理性的热病。

新颖的优美之于爱情，犹如花儿之于果实，它放射出一种稍纵即逝、永不复返的光彩。

大多数女人很少为友谊所动的原因是：当体验到爱情时，友谊就寡淡无味了。

在友谊中正像在爱情中一样，常常是那些我们不知道的东西比那些我们知道的东西使我们感到幸福。

美色已逝而价值犹存，这样的女子微乎其微。

用来抵抗爱情的那种坚强有力，同样也可用来使爱情猛烈和持久；而那些软弱的人们，总是受激情影响，又几乎从不真正付诸行动。

情人们只有在他们的如醉如痴结束时才看到对方的缺点。明智的爱情并非相得益彰，当爱情增加时，明智减少了。有一个猜忌妻子的丈夫有时倒是愉快的：他老是听到对他所爱的那个人的谈论。当一个女子具有全部的爱情和德行时，她是需要同情的！

当我们爱得太深的时候，确认别人是否爱我们是不容易的。

向远处看

[法国]阿兰

阿兰（1868—1951），法国散文家、哲学家。认为人所能达到的最高境地是通过创造作品来创造人自身。作品有散文集《漫谈》《海岸上的谈话》《心的冒险》等。

对于忧郁时，我只有一句话要说："向远处看。"忧郁者几乎都是读书太多的人。人眼的构造不适应近距离的书本，目光需要在广阔的空间得到休息。当你仰望星空或眺望海天相交处的时候，你的眼睛完全放松了。如果眼睛放松了，头脑便是自由的，而步伐就更加稳健，那么你的全身上下，包括内脏，无不变得轻松、灵活，但是你不必尝试用意志的力量达到放松全身的目的。当意志专注于自身的时候，效果适得其反，最终会使你十分紧张。不要想你自己！向远处看。

忧郁确实是一种病，医生有时能猜到病因，开出药方。但是服药以后需要注意药力在体内的作用，还要遵守饮食规定，而你在这方面花费的心思正好抵消药方的效果。所以高明的医生会叫你去请教哲学家。但是你在哲学家家里又找到了什么呢？一个读书太多、思想上患近视症因而比你还要忧郁的人。

国家应该像开办医学院一样开办智慧学院，在这种学校里教授真知：静观万物，体会与世界一样博大的诗意。由于人眼的构造上的特点，广阔的视野能使眼睛得到休息，这就为我们启示一个重要的真理：思想应解放肉体，把肉体交还给宇宙——我们真正的故乡。我们作为人的命运与我们的身体的功能有很深的联系。只要周围的事物不去打搅它，动物就躺下来睡觉，一睡就着。同样情况下，人却在思想。他的思想使他的痛苦和需要倍增；他用恐惧和希望折磨自己。于是在想象力的作用下他的身体不断绷紧，无休止地骚动，时而冲动，时而克制；他总在怀疑，总在窥视周围的人和物。如果他想摆脱这种状态，他就去读书。书本的天地也是关闭的，而且离他的眼睛、离他的情绪太近。思想变成牢笼，身体受苦。说思想变得狭隘或者说身体自己折磨自己，其实是一回事。野心家做一千次相同的演说，情人做一千次祈祷。如果人们想使身体舒适，那么应该让思想旅行、游观。

学问能引导我们达到这个境界，只是这种学问没有野心，不饶舌，不急躁，只要它把我们从书本上领开，把我们的目光引向遥远的空间。这种学问应是感知和旅行。当你发现事物之间的真正关系时，一件事物能把你引向另一件事情，引向成千上万种别的事物，这种联系像一条湍急的河流把你的思想带向风，带向云，带向星球。真知绝不限于你眼皮底下的某一件小事；这是理解最小的事物怎样与整体相联系。任何一件东西的存在理由都不在它本身，所以正确的运动使我们离开我们自身，这对我们的身体和我们的眼睛同样有益。通过这种运动，你的思想在宇宙中得到休息，而整个宇宙才是思想的真正领域。思想同时与你身体的生命取得协调，而人体的生命也是与其他一切东西相联系的。基督徒爱说："我的故乡在天上"，他无意中道出一个重要的真理，向远处看吧。

内心深处的日落

[法国]普鲁斯特

如同大自然一样，智慧也有其自身的景象。经常使我欣喜若狂直至流泪的日出和月光，对深受感动的我从未超越智慧这种博大而忧郁的拥抱。在傍晚时分的散步之时，这种拥抱在我们的心灵中泛起高低起伏的波涛，宛如海面上熠熠生辉的夕阳。于是我们在黑夜中加快步伐。一只比骑兵更快的可爱动物回忆了奔跑的速度，让人目不暇接、心醉神迷，我们颤颤巍巍、满怀信任和喜悦把自己交付给汹涌澎湃的思潮。我们最好是掌握并且操纵这些思潮，可我们感到越来越难抵御它们的控制。我们怀着深情走遍昏暗的田野，向被黑夜笼罩的橡树、向庄严肃穆的乡村、向制约我们、让我们陶醉的冲动的证人致意。抬起眼睛仰望天空，我们感慨地从告别太阳而激动的云层之间辨认出我们思想的神秘反照。我们越来越快地隐没在田野之中，狗跟随着我们，马载着我们，朋友不声不响，有时我们身边甚至没有任何有生命的东西。我们衣领上的花朵或发热的手中欢快转动的手杖至少从目光和眼泪中收到了来自我们狂喜的忧郁贡品。

美和崇高

[德国]康德

伊曼努尔·康德（1724—1804），德国哲学家、天文学家、星云说的创立者之一、德国古典哲学的创始人，唯心主义、不可知论者，德国古典美学的奠基者。

　　第一个称女子为美丽的性别的人，也许只是想恭维她们，其实他表达出来的意思超过了他自己的预料。我们姑且不说女性容貌清秀，线条柔和，她们面部表现出来的友好、戏谑、和蔼比男人更强烈、更动人……除此之外，女性心灵结构本身首先是具有独特的、和我们男性显然不同的并且以美作为主要标志的特征。如果并不要求高尚的人推让荣誉，将美称割爱给他人，我们就不妨自称是高尚的性别。但是，切不可把这番话理解成这样：妇女似乎缺少高尚品德，而男子似乎缺少美。恰恰相反，倒是可以认为无论男女都是二者兼而有之，只不过女人身上的其他一切品德都是为了衬托其美的特性而组合在一起，而在男子的各种品格中，以作为男性的显著标志的崇高最为突出……

　　妇女有较强的爱美、爱优雅、爱漂亮的天性。女性自幼就非常喜欢穿得漂亮，以修饰打扮为乐趣。她们有洁癖，对凡是使人反感的东西都很敏感。她们喜欢谐趣，只要她们的心情好，可以拿些小饰物哄她们开心……妇女非常会体贴人，心地善良，富于恻隐之心，讲究美而不注重实用……她们对极其微不足道的羞辱都十分敏感，对一丝一毫的怠慢和不尊重，也能觉察出来。总之，多亏有了妇女，我们才能识别人性中美的品格和高尚的品格；女人甚至使男子也变得较为精细……

女性的智慧同男性的智慧不相上下，差别只在于：女性的智慧是美的智慧，我们男性的智慧则是深沉的智慧，而这不过是崇高的另一种表现。

一种行为之所以美，首先是因为它轻松自然，仿佛无须费力；而花费气力和克服困难，总是令人赞叹的，因而属于崇高行为之列……

美最忌讳的是使人反感，而和崇高相去最远的是令人失笑。因此男子最感难堪的是被人骂为蠢材，女人最感难堪的是人家说她丑陋。

痛苦与厌倦之间

[德国]叔本华

作者简介：叔本华（1788—1860），德国著名哲学家，善于从世界的表象发现人的本质。代表作是《作为世界意志的表象》。

生命剧烈地在痛苦与厌倦的两端摆动，贫穷和困乏带来痛苦，太得意时，人又生厌倦。所以，当劳动阶层无休止地在困乏、痛苦中挣扎时，上层社会却在和"厌倦"打持久战。在内在或主观的状态中，对立的起因是由于人的受容性与心灵能力成正比，每个人对痛苦的受容性，又与对厌倦的受容性成反比。人的迟钝性是指神经不受刺激气质不觉痛苦或焦虑。无论后者多么巨大，知识的迟钝是心灵空虚的主要原因。唯有经常兴致勃勃地注意观察外界的细微事物，才能除去许多人在脸上流露的空虚。心灵空虚是厌倦的根源，好比兴奋过后的人们需要寻找某些事物填补空下来的心灵，但人们寻求的事物又大多类似。

试看人们依赖的消遣方式，他们的社交娱乐和谈话内容多是千篇一律的。有多少人在阶前闲聊，在窗前凝视窗外，由于内在的空虚，人们寻求社交、余兴、娱乐和各类享受，因此产生奢侈浪费与灾祸。人避免祸患最好的方法，就是增加自己的心灵财富，人的心灵财富越多，厌倦所占的空间就越少。那不衰竭的思考活动在错综复杂的自我和包罗万象的自然里，寻找新的材料，从事新的组合，这样不断鼓舞心灵，除了休闲时间以外，厌倦是不会乘虚而入的。

另外，高度的才智基于高度的受容性、强大的意志力和强烈的感情之上。这三者的结合体使各种肉体和精神的敏感性增高。不耐阻碍，厌恶挫折——这些性质又因高度想象力的作用更为增强，使整个思潮都好像真实存在一样。人的天赋气质决定人受苦的种类，客观环境也受主观倾向的影响，人所采用的手段总是对付他所忍受的苦难，因此客观事件对他总是具有特殊意义。

聪明的人首先努力争取的无非是免于痛苦和烦恼的自由，求得安静和闲暇，过平静和节俭的生活。减少与他人的接触，所以在他与同胞相处了极短的时间后就会退隐，若他有极多的智慧，他就会独居。一个人内在所具备的越多，求助于他人的就越少——他人能给自己的也越少。所以，智慧越高，越不合群。倘使智慧的"量"可以代替"质"的话，人活在大千世界中的自由度就会多一些。人世间一百个傻子无法代替一个智者。更不幸的是人世间傻子又何其多。

潜在力量

[德国]尼采

我们受到了影响，我们自身没有可以进行抵挡的力量，我们没有认识到，我们受了影响。这是一种令人痛心的感受：在无意识地接受外部印象的过程中，放弃了自己的独立性。让习惯势力压抑了自己心灵的能力，并违背意志在自己心灵里播下了萌发混乱的种子。

在民族历史里，我们更广泛地发现了这一切。许多民族遭到同类事情的打击，他们同样以各种不同方式受到了影响。

因此，给全人类刻板地套上某种特殊的国家形式或社会形式是一种狭隘的做法。一切社会理想都犯这种错误。原因是，一个人永远不可能再是同一个人。一旦有可能通过强大的意志推翻整个世界，我们就会立刻加入独立的精神的行列。于是，世界历史对我们来说只不过是一种梦幻般的自我沉迷状态。幕落下来了，而人又会觉得自己像是一个玩耍的孩子，像是一个早晨太阳升起时醒过来，笑嘻嘻将噩梦从额头抹去的孩子。

自由意志似乎是无拘无束、随心所欲的，它是无限自由、任意游荡的东西，是精神。而命运——如果我们不相信世界是个梦幻错误，不相信人类的剧烈疼痛是幻觉，不相信我们自己是我们的幻想玩物——却是一种必然性。命运是抗拒自由意志的无穷力量。没有命运的自由意志，就如同没有实体的精神；没有恶和善，是同样不可想象的，因为，有了对立面的事物才有特征。

命运反复宣传这样一个原则："事情是由事情自己决定的。"如果这是唯一真正的原则，那么人就是在暗中起作用的力量的玩物，他不对自己的错误负责，他没有任何道德差别，他是一根链条上必不可少的一个环节。如果他看不透自己的地位，如果他不在羁绊自己的锁链里猛烈地挣扎，如果他不怀着强烈的兴趣力求搞乱这个世界及其运行机制，那将是非常幸运的！

正像精神只是无限小的物质，善只是恶自身的复杂发展，自由意志也许不过是命运最大的潜在力量。如果我们无限扩大物质这个词的意义，那么，世界史就是物质的历史。因为必定还存在着更高的原则，在更高的原则面前，一切差别无一不汇入一个庞大的统一体；在更高的原则面前，一切都在发展，阶梯状的发展，一切都流向辽阔无边的大海——在那里，世界发展的一切杠杆，重新汇聚到一起，联合起来，融合起来，形成一个整体。

我的人生信念

[德国]托马斯·曼

> 托马斯·曼（1875—1955），德国作家。著有《布登勃洛克一家》《魔山》，是德国文学的经典之作。除小说创作外，还写了很多散文，结集成《高贵的精神》。

不管是简单地或详细地，我觉得要将我对人生和世界的哲学概念或信念——或许应该说是我的观点，或我的感情——有系统地陈述出来，是非常困难的一件事。经由图像和韵律间接表达我对世界和人生问题的这种习惯并不适宜于抽象的说明。我现在的情况，倒有点像浮士德被格列卿（Gretchen）问到他对宗教的态度时一样。当然你的意思并不是要考问我，但事实上你的访问与此相似。因为就我个人而言，我认为要说出我对宗教的感觉可以说比要说出我对哲学的感觉容易些。真的，我否认我对精神方面的问题持有任何空论的态度。我一直惊奇于有些人为何那样轻易将"上帝"这两个字说出口——或甚至笔之于纸上。对我以及和我同类的人而言，在宗教上，某种程度的谦虚，甚至缺乏信心远比任何过度的自信更为适宜。我们似乎只能以间接的方法来研讨这问题：利用比喻，即伦理的象征，这样可以使这概念与宗教脱离关系，暂时除掉教士袍，而只从事于合乎人性的精神问题之探讨。

最近我读到一位博学的朋友讨论religio这个拉丁字的来源和历史的一篇论文。这个字的动词形为relegere或religare，它的非宗教的意义是照顾、留心、想起等。它是neglegere或negligere（疏忽之意）的反义词，意指专心、挂虑和仔细、谨慎、小心之态度而言——也就是一切不当心和疏忽的反义词。整个拉丁时代，religio这个字似乎都保持着知觉、良心上的顾虑等意思。在最早的拉丁文学里，这个字的用法就是如此，并不一定与宗教或神的事情有关。

读了这文章我觉得很高兴。我对自己说，如果那样子便算笃信宗教，那么每位艺术家，仅依其艺术家的身份，都可大胆地自认为是笃信宗教的人了。因为还有什么会比不当心或疏忽更与艺术家的本性相悖呢？除了专心、谨慎、注意、深切的关心——总而言之，仔细——之外，还有什么东西更能显著地表现出他的道德标准以及他与生俱来的特质呢？艺术工作者当然是最细心的人。智慧高的人都是如此，而艺术家以其创造性的才华建造人生和心智间的桥梁，只是此一类型的一种表白而已——或者我们应该说，一个特别令人欣悦的怪物？是的，细心就是这种人最明显的特征：他深切而灵敏地注意着整个宇宙精神的意旨和活动，真理之外衣的更换，正确而必需的事物，换言之，即上帝的意旨。有心智和精神的人，必须不顾那些愚蠢，受到惊讶，依恋于当代颓废和罪恶事务的民众间所引起的恶感，而全心全意地为上帝服务。

那么，艺术家、诗人——由于他不但对自己的作品，而且对善、真，和上帝的意旨都能全心贯注——可以说是一个对宗教虔诚的人了。当歌德用下列词句赞美人的高贵命运时，他的意思就是如此：

思想永远正确的人，永远完美而伟大。

再换句话说：对我这类人而言，有人性才有对宗教的信仰。我的意思并不是说人性来自对人类的神化——事实上这根本没有什么根据！当一个人的话日日与冷酷无情的事实互相矛盾时，他在观察我们这些疯狂的人类之后，他还敢尽发乐观的豪语吗？每日我们都看到人类在犯着十戒里的恶事；日日我们都为其前途失望，我们非常了解为何天使们自创世以来一见到造物主对他那可疑的手工显出难解的偏心时，他们就会脸露轻蔑。然而——今天更甚以往——我觉得不管我们的怀疑如何有根据，我们绝对不能对人类心存讥讽和轻视。虽然人类的罪恶昭彰，但我们也不能忘记他在艺术的形式，科学、真理的追求，美的创造，正义的概念等等方面所显露出来的伟大和可敬的特质。每当我们说出人类或人性这两个字眼时，我们便触及一个"大神秘",如果我们对这"大神秘"已无知觉,那么我们便已经屈服于精神的死亡。

生与死

[意大利]达·芬奇

列奥纳多·达·芬奇(1452—1519),意大利文艺复兴三杰之一,也是整个欧洲文艺复兴时期最完美的代表。他是一位思想深邃,学识渊博,多才多艺的画家、寓言家、雕塑家、发明家、哲学家、音乐家、医学家、生物学家、地理学家、建筑工程师和军事工程师。

啊,你睡了。睡眠是什么?睡眠是死的形象。唔,你的工作为什么不能成为这样:死后你成为不朽的形象;好像活着的时候,你睡得成了不幸的死人。

每一种灾祸都在记忆里留下悲哀,只有最大的灾祸——死亡不是这样;死亡把记忆和生命被它一股脑儿毁灭。

正像劳累的一天带来愉快的睡眠一样,勤劳的生命带来愉快的死亡。

当我想到我正在学会如何去生活的时候,我已经学会如何去死亡了。

时光飞逝,它偷偷地溜走,而且相继蒙混;再没有比时光易逝的了。但是,能收获荣誉者,必然是播种道德者。

废铁会生锈;死水会变臭;懒惰甚至会逐渐毁坏头脑的活动力。

生命若勤劳,必然能长久。

时光犹如河川之水,你所触到的前浪的浪尾也就是后浪的浪头。因此,你要格外珍惜现在的时间,此时此刻。人们痛惜时间的飞逝,抱怨它去得太快，看不到这一段时期并不短暂，这都是非常错误的。自然所赋予我们的好记忆使过去已久的事情如同就在眼前。

因为发现在许多年前的许多事情和现在仿佛是密切关联的，所以我们的判断不能按照事情的精确顺序，推断不同时期所要过去的事情。目前的许多事情到我们后辈的遥远年代将视为邈古。对眼睛来说也是如此，远处的东西被太阳光所照的时候仿佛就近在眼前，而眼前的东西却仿佛很远。

时间，你销蚀万物！嫉妒的年岁，你吞噬万物，而且用尖利的一年一年的牙齿吞噬万物，一点一点地、慢慢地叫它们死亡！海伦，当她照着镜子，看到老年在她脸上留下憔悴的皱纹时，她哭泣了，而且不禁对自己寻思：为什么她竟被两次带走？

唔，时间啊，你耗蚀万物！唔，嫉妒的年岁，万物因你而消逝！

论友谊

[黎巴嫩]纪伯伦

你的朋友是你的有回应的需求。

他是你用爱播种，用感谢收获的田地。

他是你的饮食，也是你的火炉。

因为你饥渴地奔向他，你向他寻求平安。

当你的朋友向你倾吐胸臆的时候，你不要怕说出心中的"否"，也不要瞒住你心中的"可"。

当他静默的时候，你的心仍要倾听他的心；

因为在友谊里，不用言语，一切的思想，一切的愿望，一切的希冀，都在无声的喜乐中发生而共享了。

永／恒／的／经／典

Yong Heng De Jing Dian

207

当你与朋友别离的时候，不要忧伤；

因为你觉得他最可爱之点，当他不在时愈见清晰，正如登山者在平原上望山峰，也加倍地分明。

除了寻求心灵的加深之外，友谊没有别的目的。

因为那只寻求着要显露自身的神秘的爱，不算是爱，只算是一张撒下的网，只网住一些无益的东西。

让你的最佳美的事物，都给你的朋友。

假如他必须知道你潮水的下退，也让他知道你潮水的高涨。

你找他只为消磨光阴的人，还能算作你的朋友吗？

你要在生长的时间中去找他。

因为他的时间是满足你的需要，不是填满你的空虚。

在友谊的温柔中，要有欢笑和共同的喜悦。

因为在那微末事物的甘露中，你的心能寻到他的清晓而焕发了精神。

论无话可说

[中国]朱自清

十年前我写过诗；后来不写诗了，写散文；入中年以后，散文也不大写得出了——现在是，比散文还要"散"的无话可说！许多人苦于有话说不出，另有许多人苦于有话无处说；他们的苦还在话中，我这无话可说的苦却在话外。我觉得自己是一张枯叶，一张烂纸，在这个大时代里。

在别处说过，我的"忆的路"是"平如砥""直如矢"的；我永远不曾有过惊心动魄的生活，即使在别人想来最风华的少年时代。我的颜色永远是灰的。我的职业是三个教书；我的朋友永远是那么几个，我的女人永远是那么一个。有些人生活太丰富了，太复杂了，会忘记自己，看不清楚自己，我是什么时候都明白地知道，记住，自己是怎样简单的一个人。

但是为什么还会写出诗文呢？——虽然都是些废话。这是时代为之！十年前正是五四运动的时期，大伙儿蓬蓬勃勃的朝气，紧逼着我这个年轻的学生；于是乎跟着人家的脚印，也说说什么自然，什么人生。但这只是些范畴而已。我是个懒人，平心而论，又不曾遭过怎样了不得的逆境；既不深思力索，又未亲自体验，范畴终于只是范畴，此处也只是廉价的，新瓶里装旧酒的感伤。当时芝麻黄豆大的事，都不惜郑重地写出来，现在看看，苦笑而已。

先驱者告诉我们说自己的话。不幸这些自己往往是简单的，说来说去是那一套；终于说的听的都腻了。——我便是其中的一个。这些人自己其实并没有什么话，只是说些中外贤哲说过的和当世少年将说的话。真正有自己的话要说的是不多的几个人；因为真正一面生活一面吟味那生活的只有不多的几个人。一般人只是生活，按着不同的程度照例生活。

这点简单的意思也还是到中年才觉出的；少年时多少有些热气，想不到这里。中年人无论怎样不好，但看事看得清楚，看得开，却是可取的。这时候眼前没有雾，顶上没有云彩，有的只是自己的路。他负着经验的担子，一步步踏上这条无尽的然而实在的路。他回看少年人那些情感的玩意，觉得一种轻松的意味。他乐意分析他背上的经验，不只是少年时的那些；他不愿远远地捉摸，而愿剥开来细细地看。也知道剥开后便没了那跳跃着的力量，但他不在乎这个，他明白在冷静中有他所需要的。这时候他若偶然说话，绝不会是感伤的或印象的，他要告诉你怎样走着他的路，不然就是，所剥开的是些什么玩意。但中年人是很胆小的；他听别人的话渐渐多了，说了的他不说，说得好的他不说。所以终于往往无话可说——特别是一个寻常的人像我。但沉默又是寻常的人所难堪的，我说苦在话外，以此。

中年人若还打着少年人的调子，——姑不论调子的好坏——原也未尝不可，只总觉"像煞有介事"。他要用很大的力量去写出那冒着热气或流着眼泪的话；一个神经敏锐的人对于这个是不容易忍耐的，无论在自己在别人。这好比上了年纪的太太小姐们还涂脂抹粉地到大庭广众里去卖弄一般，是殊可不必的了。

其实这些都可以说是废话，只要想一想咱们这年头。这年头要的是"代言人"，而且将一切说话的都看作"代言人"；压根儿就无所谓自己的话。这样一来，如我辈者，倒可以将从前狂妄之罪减轻，而现在是更无话可说了。

但近来在戴译《唯物史观的文学论》里看到，法国俗语"无话可说"竟与"一切皆好"同意。呜呼，这是多么损的一句话，对于我，对于我的时代！

1931年3月。

谈抽烟

[中国]朱自清

有人说，"抽烟有什么好处？还不如吃点口香糖，甜甜的，倒不错。"不用说，你知道这准是外行。口香糖也许不错，可是喜欢的怕是女人孩子居多；男人很少赏识这种玩意儿的；除非在美国，那儿怕有些个例外。一块口香糖得咀嚼老半天，还是嚼不完，凭你怎么斯文，那朵颐的样子，总遮掩不住，总有点儿不雅相。这其实不像抽烟，倒像衔橄榄。你见过衔着橄榄的人？腮帮子上凸出一块，嘴里不时地滋儿滋儿的。抽烟可用不着这么费劲；烟卷儿尤其省事，随便一叼上，悠然的就吸起来，谁也不来注意你。抽烟说不上是什么味道；勉强说，也许有点儿苦吧。但抽烟的不稀罕那"苦"而稀罕那"有点儿"。他的嘴太闷了，或者太闲了，就要这么点儿来凑个热闹，让他觉得嘴还是他的。嚼一块口香糖可就太多，甜甜的，够多腻味；而且有了糖也许便忘记了"我"。

抽烟其实是个玩意儿。就说抽卷烟吧，你打开匣子或罐子，抽出烟来，在桌上顿几下，衔上，擦洋火，点上。这其间每一个动作都带股劲儿，像做戏一般。自己也许不觉得，但到没有烟抽的时候，便觉得了。那时候你必然闲得无聊；特别是两只手，简直没放处。再说那吐出的烟，袅袅地缭绕着，也够你一回两回地捉摸；它可以领你走到顶远的地方去。——即便在百忙当中，也可以让你轻松一忽儿。所以老于抽烟的人，一叼上烟，真能悠然遐想。他霎时间是个自由自在的身子，无论他是靠在沙发上的绅士，还是蹲在台阶上的瓦匠。有时候他还能够叼着烟和人说闲话；自然有些含含糊糊的，但是可喜的是那满不在乎的神气。这些大概也算是游戏三昧吧。

好些人抽烟，为的有个伴儿。譬如说一个人单身住在北平，和朋友在一块儿，倒是有说有笑的，回家来，空屋子像水一样。这时候他可以摸出一支烟抽起来，借点儿暖气。黄昏来了，屋子里的东西只剩些轮廓，暂时懒得开灯，也可以点上一支烟，看烟头上的火一闪一闪的，像亲密的低语，只有自己听得出。要是生气，也不妨迁怒一下，使劲儿吸他十来口。客来了，若你倦了说不得话，或者找不出可说的，干坐着岂不着急？这时候最好拈起一支烟将嘴堵上等你对面的人。若是他也这么办，便尽时间在烟子里爬过去。各人抓着一个新伴儿，大可以盘桓一会的。

从前抽水烟旱烟，不过一种不伤大雅的嗜好，现在抽烟却成了派头。抽烟卷儿指头黄了，由它去。用烟嘴不独麻烦，也小气，又跟烟隔得那么老远的。今儿大褂上一个窟窿，明儿坎肩上一个，由他去。一支烟里的尼古丁可以毒死一个小麻雀，也由它去。总之，别别扭扭的，其实也还是个"满不在乎"罢了。烟有好有坏，味有浓有淡，能够辨味的是内行，不择烟而抽的是大方之家。

美

[苏联]邦达列夫

人对自然的反映，犹如人的意识，不就是一种美吗？

我曾经想，我们的地球，就像一个神话般的鲜花盛开的宇宙花园，它有日月星辰的出没，有空气清新的早晨和星光灿烂的夜晚，有严寒和烈日，有充足的阳光，凉爽的阴影、七月的彩虹、夏秋的烟雾、雨水和白雪，——我还设想过，如果我们的地球无可挽回地变成一个冷清空旷之地，那将会怎样。试想想看：假如地球上别无一人——城市的公共场所空无人影，田地里一片荒芜，既没有言谈和欢笑声，也没有绝望的叫喊来打破死一般的沉寂，那将会是什么样儿。

一旦出现这种荒无人烟、冰冷寂然的情况，我们这美好的大地上马上就会失去它作为人在宇宙空间的舟船的崇高意义，它的美也将会顿时消失一空。因为没有人，美就不可能在人身上，在人的意识中得以反映，也不可能为人所珍惜。美是为了谁？没事为了什么呀！

美不可能自己认识自己，不像敏锐的思维和精细的智慧那样可以做到这一点。美的自身和为美而美是没有意义的，是荒诞的，是僵死的，因为这实质上就像为理性之理性那样——在这种自我陶醉中没有自由竞赛，没有引力和推力，没有生命的呼吸，因而它是注定要破灭的。

美需要镜子，需要英明的鉴赏家、善良和醉心的观察家，须知美感乃是对生活、爱情和希望的感受，是对永生的臆想信念，因为美好事物唤起的是我们对生的愿望。

美与生活相连，生活与爱相连，爱与人相连。这些联系一旦中断，自然界的美也就跟人一起消亡。

在死亡的地球上，最后一名艺术家所写的书，即使极其精巧地把美好事物和谐地联系在一起，也只不过是一堆废纸和垃圾，因为写书的目的并不是对着空虚喊叫，而是为了在别人的心灵里引起反映，为了传播信念，为了移植感情。

世界上所有的博物馆，收集有全部珍品和所有美术杰作的博物馆，倘若没有人参与其中，它们就会成为可怕的涂抹得五颜六色的板棚。

艺术的美若离开人，就会变成反常的和极丑陋的东西，比自然界的丑陋更加令人难以忍受。

人的信念

[苏联]邦达列夫

我们恐怕不能解释，为什么给人的期限不是900年，而是70年？为什么青春是如此闪电般迅速和短暂？为什么衰老又是如此漫长？我们也无法找到回答：有时善与恶就像原因和后果一样不能分离。无论这是多么痛苦，但是却不值得去重新评价人对自己在地球上的位置的理解——大多数人都没有被赋予去认识生存意义，认识自己生命意义的能力。一定得度过赋予你的生命的期限，才有根据说你生活得正确与否。怎样按别的方式思考这个问题呢？是用可能性和教益性的命中注定的抽象思辨吗？

但是人总是不愿意承认他只是地球这粒尘屑中极微小的一分子，从宇宙的高度是根本看不见他的，而且他不能认识自己，因而粗鲁地深信他能了解宇宙的秘密和规律，当然也就能使它们服从自己日常的利益。

人是否知道，他是被命中注定要死亡的？……这个令人不安的想法仅是偶尔在他意识中闪现，他总是在摆脱这个想法，他自卫，以希望聊以自慰，总想着：不，那不祥的、不可避免的事情不会在明天发生，还有的是时间，还有10年，5年，2年，1年，还有几个月……

人们不想和生命分手，虽然大多数人的生活并不是由巨大的痛苦和巨大的欢乐所组成，而是由劳动的汗味和简单的肉体满足所组成。但在这一切的同时，许多人却是以无底的塌陷将他们相互分隔开来，只有经常会折断的爱和艺术的细竿有时会将他们联结到一起。

但是，由清醒的理智和想象所产生出来的人类意识终究包含着整个宇宙，包含着它星星般发出的种种神秘的冰凉的恐怖，也包含着人的诞生及短暂生命的具有规律的偶然性悲剧。但即使这样不知为什么也没有引起绝望，也没有使他的行为具有毫无意义的枉然感，这就像聪明的蚂蚁总是不停止它们孜孜不倦的工作，显然，它们是为了让工作有用而操心。

人似乎觉得他在地球上有至高无上的权力，所以他确信他是不朽的。他长期以来一直没有想到，夏天会变为秋天，青春会为变成衰老，甚至最亮的星星也会熄灭。在他的信念里的是运动、能量、行为和热情的动力，而在他的傲慢里的是观众的轻率，他深信生活的影片将会不断地持续放映下去。